JN066639

贄《にえ》の白無垢

あやかしが慕う、陰陽師家の乙女の幸せ

高橋由太

宝島社文庫

宝島社

［目次］

贄《にえ》の白無垢　あやかしが慕う、陰陽師家の乙女の幸せ

序章

りん、と風鈴の音が聞こえた。もう十二月だというのに、どこかの家の軒先に吊《つる》したままになっているようだ。

しかも、その音は遠く、どこから聞こえてくるのかはわからない。あの世から聞こえてきたように感じたのは、きっと気のせいだろう。

「こんなところにお店があるのでしょうか……」

十六歳になったばかりの久我山《くがやま》未緒《みお》は呟《つぶや》いた。誰かに話しかけたわけではなかった。周囲には誰もいない。一人で歩いていた。吐いた息は真っ白だった。

そんな未緒の独り言に応えるように、ふたたび風鈴の音が聞こえた。どこで鳴っているのか、やっぱり見当もつかない。軒先ではなく、そこらの木にでも吊してあるのかもしれない。枯れかけた木に吊されたまま、真冬の風に揺れる古びた風鈴が思い浮かんだ。

小石川《こいしかわ》の住宅街からそう離れているわけではないのに、雑木林や空き地ばかりが目につき、民家は見当たらなかった。

だが、今は夜中の十一時過ぎで、灯《あか》りを消してしまえば真っ暗になる。民家がないのではなく、ただ見えないだけなのかもしれない。何しろ電気の通っていない家もまだ多く、帝都であっても夜になれば真っ暗だ。このあたりでも、通り魔やら強盗やらと物騒な事件も起こっている。妖《あやかし》や幽霊が出るという噂《うわさ》もあった。

そんな中、未緒は歩いていく。本当に妖や幽霊がいるのなら襲われても不思議はないのに、その気配はなかった。

未緒は、これから嫁入りするところだ。相手は普通の人間ではなかった。「嫁」というよりも、「贄《にえ》」として差し出されたというほうが正しい。

傍目《はため》には、さぞや奇異に映っていることだろう。こんな時間に、上等な白無垢《しろむく》を着て歩いているのだから。それも一人で歩いているのだから。

途中まで人力車に乗せてもらってきたのだけれど、市街地を過ぎたあたりで下ろされた。未緒は知らなかったが、そういう約束だったようだ。車代も十分に払っていなかった。

「お嬢さん、すみません……」

車夫《しやふ》は震える声で言って、逃げるように帰っていった。乗せている間も、死人を見るような目で未緒を見ていた。

覚悟はできている。

死ぬ覚悟はできている。

石で舗装された冷たい道を歩きながら、未緒は唇を固く結んだ。これから嫁入りする先で待っているのは、幸せな生活ではない。自分は、贄として差し出されたのだから。

オサキモチへの贄として——。

第一章　乙女の嫁入り

西洋の文化が流入してくると、繁華街の風景は一変した。帝都を眺めれば、モダンなレンガ造りの建物が立ち並んでいる。

しかし、その一方で、大正時代に入った今でも、江戸時代と変わらぬ暮らしをしている人々もいた。文化住宅が人気を呼ぼうと、昔ながらの建物がなくなったわけではない。電気が通っていない家も多かった。町外れのこのあたりに灯りが見えないのも、当然なのかもしれない。本来、夜は暗いものだ。

わかってはいたけれど、初めて来た場所で何も見えないのは不安だ。迷子になるような道ではないが、どうにも心細かった。

それでも未緒は引き返さない。足を進めた。唇を固く結んで、オサキモチの家を目指して歩いた。帰るわけにはいかない事情があった。

やがて、舗装されていない土道に出た。それが合図だったかのように、雪が降り始めた。濡《ぬ》れるほどでもない、細かい雪がさらさらと落ちてくる。白無垢姿の未緒は、いかにも寒々しい。

実際に寒かった。吐く息はいっそう白くなり、未緒の小さな身体《からだ》は震えた。寒いだけが理由ではないけれど。

細かい雪に降られながら、凍り付くように冷たい道を歩いた。傘など持っていないのだから、そのまま歩くしかない。

何分も経《た》たないうちに、小さな看板が目に飛び込んできた。道端の木に立てかけるように置かれている。

未緒は、そこに書かれている文字を声に出さずに読んだ。

古道具屋もずや

その看板を掲げているのは、それこそ文明開化から取り残されたような木造家屋だった。平屋造りで、江戸時代から建っているみたいに古びている。

もちろん、そんな昔から建っているわけではない。小石川に越してきたばかりのはずだ。嫁入り先のことは、父から教えられていた。これから会うもののことは書物でも読んでいる。

もずやは、もともと本所深川《ほんじょふかがわ》で献残屋《けんざんや》を営んでいたという。そのころは、「鵙屋《もずや》」と漢字で名乗っていたようだ。

献残屋は、武家の都市である江戸でよく見られた商売だ。武家は進物《しんもつ》が多く、献上品をはじめ、寒中見舞いや火事見舞いなど、数え上げればきりがない。義理ごとで家計が傾くほどだったらしい。

そこで、献残屋がその贈答品を引き取ったり、売ったりする。やり方によっては、かなり儲《もう》かる商売だ。ただ鵙屋は古道具屋を兼ねていたというから、庶民的な店だったのかもしれない。

その後、御一新《ごいっしん》により武家がなくなり、古道具屋に専念するようになった。「もずや」と店名を平仮名に変えたのも、明治になってからのことだ。そして、この小石川の外れに越してきてから、まだ二年くらいしか経っていない。

つまり、まだ建ったばかりのはずなのに、もずやは古びていた。わざと、こんなふうに作ったとしか思えなかったが、その理由はわからない。

もずやを見ながら、そんなことを考えているうちに落ちてくる雪の粒が大きくなった。

さっきよりも気温が下がったのか、凍えるほどの寒さだった。

未緒は少し躊躇《ためら》ってから、もずやの戸を叩《たた》いた。寒さのせいで、すっかり血の気の失《う》せた手で小さく叩いた。

「……ごめんください」

古道具屋になど来たことがなかったので、どう声をかければいいのかわからなかったが、とりあえず言葉を発した。

返事はなかった。未緒の声は、あまり大きくない。店の中まで聞こえなかったのかもしれない。もう少しだけ声を大きくして、戸の向こう側に聞こえるように呼びかけた。

「すみません！」

けれど、声は帰って来ない。もずやは静まり返っている。もう寝てしまったのだろうか。

普通の人間であれば眠っている時間だが、妖や幽霊が活動するのは真夜中と決まっている。

オサキモチは、恐ろしい魔物を操る。普通の人間ではない。むしろ妖に近いはずだ。だから、この時間でも起きていると思っていた。それに、人知れずひっそりと嫁入りしたかったため、夜分遅くに来た。

しかし気配さえない。未緒は途方に暮れた。いきなり殺されることは想像していたが、この状況は考えていなかった。主《あるじ》にも会えず、家に入ることもできないなんて思いもしなかった。

気温がさらに下がり、いつしか、ぼたん雪になっていた。重く湿った雪が、未緒の髪や白無垢に積もり始めていた。身体の芯まで冷たく濡れていく。このままでは死んでしまう。

いったん久我山家に戻ったほうがいいのはわかっていたが、オサキモチの顔も見ずに帰ることはできない。父は許してくれないだろう。

それに、ここからでは人力車を呼ぶこともできない。歩いて帰るには遠すぎるし、寒すぎる。そんな体力も気力もなかった。

緊張していたこともあるだろうし、真冬の気温のせいもあるだろう。意識が朦朧《もうろう》としていた。

「どうしよう……」

思わず呟いた。誰に言ったわけでもないのに、返事をするものがいた。さっきまで誰もいなかったはずの足もとから言葉が戻ってきた。

──どうしようもないねえ。ケケケッ。

声変わりしていない男の子のような声だったが、おそらく人間のものではないだろう。聞こえたと言っても、耳に届いたわけではなかった。上手《うま》く説明できないけれど、頭の奥に直接話しかけてくるような声だ。この感じにはおぼえがある。妖だ。未緒の前に、妖が現れたのだった。

視線を落とすと、生まれたばかりの子猫ほどの真っ白な動物がいた。つぶらな瞳で、うさんくさそうに未緒を見ている。

未緒もそれから目を離せない。

「狐《きつね》……？」

頭に浮かんだ言葉を口にすると、またしても返事があった。

──おいら、狐じゃないねえ。

やっぱり人間の言葉がわかるらしく、首を横に振っている。けれど、どう見たって小さな白狐だった。真っ白な子狐だ。

妖らしき子狐は、未緒の考えていることもわかるようだ。面倒くさそうに言葉を重ねてきた。

──だから狐じゃないねえ。

そして、なぜか大威張りで名乗った。

——おいら、オサキだねえ。

一瞬、時間が止まった。そう感じるくらい驚いた。

「え……」

押し出すように声を出してみたものの、続きの言葉は出て来なかった。オサキモチの家にやって来たのだから、オサキがいるのは当然なのだが、聞いていたものと見た目が違いすぎた。

よく人に憑《つ》くといわれている動物に〝オサキ〟と呼ばれるものがある。「どんな動物なのか」とこれを見た者に聞いてみると、こんなふうに答えるという。

「鼠《ねずみ》よりは少し大きく、茶、茶褐色、黒、白、ブチなどいろいろな毛並みをしており、耳が人間の耳に似ていて、四角い口をしている」

人間のように立って歩くこともあるが、犬や猫のように四つ足でも歩く。鼠に似た動物で、尾が裂けているからオサキなのだそうだ。

妖の中でもオサキの妖力は強く、「魔物」と呼ばれることも多い。そして、憑かれている人間は「オサキモチ」と呼ばれ、不思議な力を発揮する。オサキをはじめとする妖たちを操るというのだ。

権力者は、自分の手に負えないものを嫌う。江戸幕府を倒して明治政府ができたように、取って代わられると思うのだろう。

このオサキの主は、危険人物として政府や軍部に目を付けられているが、恐ろしさのあまり手を出せずにいるという噂もあった。

でも、目の前にいるものは、どう見ても子狐だ。可愛《かわい》らしい白狐だった。怖くもなければ、強そうにも見えない。確かに、しっぽは二つに分かれているが、もふもふしていて柔らかそうだった。

噂や伝説は、大げさに語られていることも多い。オサキやオサキモチの力も大げさに伝えられているだけなのだろうか。

だとしたら、ここに来た意味がなくなる。オサキやオサキモチの伝説が嘘《うそ》だとしたら、覚悟を決めて嫁入りして来た自分がバカみたいだ。

いや、自分のことはどうでもいい。問題は、家を救えないことだ。こんな子狐では、きっと役に立たない。

絶望に襲われた。寒さに耐えているのも限界だったのかもしれない。ふいに意識が遠くなり、立っていることができなくなった。身体から力が抜けて、未緒は地面に倒れた。

最後に目に映ったのは、ぼたん雪の降りしきる中で、こっちを見ているオサキだった。起き上がることのできない未緒の顔をのぞき込むようにして、妖らしい邪悪な声で笑った。

——死んじまったみたいだねえ。ケケケッ。

○

しばらく暗闇の中にいた。静かで心地のいい暗闇だった。

やがて、その暗闇が離れていき、ちゅんちゅんと雀《すずめ》のものらしき鳴き声が聞こえてきた。身体が温かかった。柔らかく清潔な布団に包まれている。洗い立てのシーツのにおいがした。目を開くと、見たことのない天井があった。

日射《ひざ》しが差し込んでいる。正確な時刻はわからないけれど、窓からの差し込み具合からして、まだ朝のような気がする。午前八時にもなっていないだろう。

「あっ……」

悲鳴にも似た声を上げて、未緒は上体を起こした。朝日を浴びているうちに目が覚めて、もずやの前で倒れたことを思い出したのだ。

いつの間にか浴衣に着替えさせられていた。見覚えのない朝顔の柄の浴衣だ。未緒には少し大きい。襟元がはだけてしまいそうだった。

昨夜、白無垢を着て、もずやにやって来た。それがこうして浴衣を着ているのだから、白無垢は脱がされたのだろう。裸にされたということだ。そして、たぶん、ここはオサキモチの家だ。未緒の知るかぎり、男は一人しか住んでいない。

乱暴された形跡はないけれど、裸を見られてしまった。オサキモチに何もかもを見られてしまった。

慌てて襟元をかき合わせた。自分の肌を隠すように浴衣を引き寄せた。そうしながら自分に言い聞かせる。

（たいしたことはない）

嫁に来たのだから、これくらいのことは何でもない。そう思おうとしたけれど、襟元をかき合わせる手は震えていた。怖くもあったけれど、恐ろしくもあった。

震えている場合じゃない、と自分に言い聞かせる。オサキモチの家に入ることはできたが、目的は果たしていない。裸を見られたくらいで怯《おび》えている場合ではない。さがさなければならないものがあった。

まずは、オサキモチの噂がどこまで本当なのか確かめよう。そのためには、もずやの主に会わなければならない。

無理やり気持ちを落ち着けて立ち上がろうとしたとき、襖《ふすま》の向こう側の廊下から声が聞こえた。

——起きたのかえ。

未緒に話しかけてきたみたいだ。女の声のように聞こえる。古道具屋に女中がいるのだろうか。それにしては話し方が妙だし、声もおかしい。時代がかっている上に、頭の奥から聞こえるような声だった。

また、人間ではないものが現れたのだろうか。

「は……はい」

とりあえず返事をした。すると、音もなく襖が開いた。

——入ってもいいかえ。

「はい」

未緒はふたたび領《うなず》いた。声の主は、やっぱり人ではなかった。入ってきたのは、白地に桜吹雪をあしらった小袖だった。美しい着物が、ふわふわと舞うように部屋に入ってきたのであった。

顔も足もなかったが、白魚のような細い手が小袖から出ている。未緒は、この妖を知っていた。名は小袖の手だ。

すべて女ははかなき衣服調度に心をとどめて、なき跡の小袖より手の出しをまのあたり見し人ありと云《いう》。

鳥山石燕《とりやませきえん》の『今昔百鬼拾遺《こんじゃくひゃっきじゅうい》』に、小袖から細長い手が伸びている絵とともに、そんな説明が書かれている。

ちなみに、小袖とは袖下の短い着物のことだ。もともとは貴族が装束《しょうぞく》の下に着る白絹の下着であったが、徐々に上着として着られるようになり、江戸時代には、階層・男女を問わず広く用いられていた。

小袖の手は、その小袖に女の執念が宿った妖だとされている。そして、部屋に入ってきたのは、彼女だけではなかった。わらわら、わらわらといくつもの影が入ってきた。

――ねえ、大丈夫？

――オサキにいじめられたんだよね。

――ひどい狐もあったもんだ。

視線を向けると、一つ目のついた傘が一本足で跳ね回っていた。これも有名な妖である。唐傘小僧《からかさこぞう》だ。

他にも、五徳《ごとく》（火鉢や炉の中に立てて、鉄瓶などをかける三脚または四脚の輪形の器具）を頭に載せた五徳猫、頭が釜《かま》になっている狸《たぬき》のような鳴釜《なりかま》、ひらひらと宙を舞っている木綿妖怪の一反木綿などがいた。静かだった部屋が、一気に賑《にぎ》やかになった。

「にゃん」

最後の声は、小さな黒猫のものだ。臆病そうなちび猫が部屋に入らず、襖の陰から未緒を見ていた。警戒しているような、未緒を心配しているような顔をしている。そのくせ未緒と目が合うと、襖に顔を隠してしまう。さすがに、この子は妖ではないだろう。妖には見えないし、妖気も感じなかった。

未緒が返事をするより早く、妖たちが妖狐《ようこ》を糾弾し始めた。

――オサキは悪いやつじゃのう。

――うん。悪いやつだ。悪いやつだ。

――あの狐は、意地が悪いもんね。

「にゃん」

妖の言葉がわかるのか、ちび猫が合いの手を入れている。妖である上に悪口を言っているのに、陰気な感じがまるでなかった。むしろチンドン屋を思わせる陽気さだった。あまり怖くない。話も通じそうだ。

そう思った瞬間、唐傘小僧が舌をべろんと出し、五徳猫が火を吐いた。鳴釜がカタカタと音を立て、一反木綿が未緒の周囲をぐるぐると飛ぶ。

——どうだ、恐ろしかろう？

——泣いてもよいぞ。

——存分に怯えるがいい。

怖がらせているつもりのようだ。どう反応すべきか困っていると、また襖が開き、若い男が顔を出した。スタンドカラーのシャツを着込み、絣《かすり》の着物と袴《はかま》をはいている。書生のような格好だった。男は穏やかな声で、付喪神《つくもがみ》たちを注意した。

「驚かせちゃ駄目だよ」

未緒は、その男の顔をまじまじと見た。話に聞いたとおりの容貌をしていた。優しげで、どことなく頼りない雰囲気はあるものの、役者のように顔立ちが整っている。二十歳過ぎと聞いていたが、もっと若く見える。

——すまぬのう。若い娘が珍しいのじゃ。

小袖の手が謝り、付喪神たちがしゅんとした。はしゃいでしまったということのようだ。

——驚いていないねえ。

口を挟んだのは、オサキだ。男の懐《ふところ》から顔だけ出している。噂ほど恐ろしい感じはないが、改めて接すると、強い妖気を漂わせていた。やはり、ただの可愛らしい狐ではないようだ。

そんなオサキを懐に入れているのだから、この男もただ者ではあるまい。嫁入りは間違っていなかった。

「にゃん……」

いまだに襖の陰に隠れている臆病そうな黒猫はともかく、ここに集まったのは、妖ばかりだった。つまり、もずやは妖の集まる付喪神の古道具屋なのだ。

付喪神。

九十九髪《つくもがみ》ともいう。簡単に言えば、道具に魂が宿ったものである。百年を経た道具には魂が宿って妖怪になると言われている。たいていの付喪神は、いたずらをするくらいで人に害を及ぼすことはない。古道具屋と相性のいい妖と言っていい。

その古道具屋の主が、このオサキモチだ。オサキに憑かれている家系で、魔物を自在に使役すると言われている。不思議な力を持っていて、どんな妖もオサキモチには敵《かな》わない。そんなふうに久我山家に伝わる和綴《わと》じの書物には書かれていた。

優しげな容貌から想像もつかないが、妖たちを従えているのは事実だった。普通の人間が妖たちを従えられるわけがなかった。

（無駄じゃなかった）

未緒は、噛《か》み締めるようにそう思った。この家に来たのは、間違ってなかった。この力があれば、久我山の家を救うことができる。あれを一掃することができる。

布団から出て、畳の上で正座した。そして、はだけそうになる襟元を気にしながら、額を畳に擦《こす》りつけるように挨拶した。

「久我山未緒と申します。オサキモチさまの妻にしていただきたく、お願いに参りました」

――それは名前じゃないねえ。

すかさずオサキに注意された。名前じゃないことくらいはわかっていたが、異性を名前で呼ぶのは気恥ずかしい。女性から男性に話しかけることすら稀《まれ》な時代のことで、呼びかけること自体、はしたないことのようにも思えた。特に未緒は男性そのものに慣れていなかった。誰かの名字を口にしたこともない。

だけど、自分は嫁に来たのだ。この家に受け入れられなければならない。恥ずかしがっている場合ではなかった。

「では、もずやさま」

どうにか言い直したが、オサキは許してくれなかった。

――お店の屋号と区別がつかないねえ。下の名前で呼ぶといいよ。

いきなり、そんな真似《まね》ができるわけがない。夫婦だって、下の名前で夫を呼ぶ者は滅多にいない。未緒は赤面した。

一方、もずやの主は押しかけ女房に驚いたらしく、目を丸くして黙っている。オサキがからかうように声をかけた。

――周吉《しゅうきち》、お嫁さんが来てくれたよ。よかったねえ。ケケケッ。

もずやの主の名前は、鵙谷《もずや》周吉だった。江戸時代から続くオサキモチだ。

○

オサキは家に憑き、一族すべてに災いをもたらすと信じられている。オサキモチの家系と呼ばれ、その家筋との通婚は忌《い》み嫌われた。縁を結ぶと、その家までオサキモチになってしまうからだ。

それなのに、未緒は妻にして欲しいと言った。オサキモチの家に嫁入りするつもりだった。

「どうか、お願いいたし……」

重ねて頼もうとしたとき、くしゅんとクシャミをしてしまった。昨夜の寒さが堪《こた》えたのかもしれない。

――この真冬に浴衣では寒かろうぞ。

小袖の手が心配そうに言った。その言葉に慌てたのはオサキモチ、いや鵙谷周吉だった。

「ちょっと待ってて」

そう言うなり、廊下に出て行った。妖の主というよりは、使い走りのように腰が軽い。あっという間に戻って来ると、小桜柄の着物を未緒に差し出した。

「これでよかったら」

貸してくれるようだ。ここで風邪を引いて寝込むわけにはいかないので、素直に借りることにした。

「ありがとうございます」

着物を受け取るとき、一瞬だけど周吉の指が未緒の手に触れた。周吉は慌てて手を引っ込めた。そして席を外した。

「廊下にいるから」

——妾《わらわ》たちも外にいるぞ。

——そうだね。そうだね。

——周吉と一緒にいるとするかのう。

なぜか妖たちも出て行った。誰もいなくなった部屋で、未緒は着替えた。誰かのお下がりだろうか。小さな桜の花びらを一面に散らした模様が可愛らしい。帯は地味な紺色で、着物の柄がよく映えた。

周吉の心遣いが嬉《うれ》しかった。未緒のために着物を持って来てくれたのだ。こんなふうに優しくされるのは久しぶりだった。

身につけた小桜柄の着物に触れながら、襖の向こうの廊下に声をかけた。

「着替え終わりました」

どやどやと妖たちが入ってきた。未緒の着物姿を見て、口々に感想を言う。

——可愛らしい嫁御ぞ。

――早く祝言《しゅうげん》を挙げないといけないねえ。

――めでたいね。めでたいね。

――周吉、よかったね。

喜んでいるというよりも、からかっているように聞こえる。オサキモチといえば、妖の主とも言える存在のはずなのだが、畏れられている雰囲気はなかった。友達扱いというのだろうか。妖たちの態度からは、親しみが感じられた。

そんな妖たちの騒々しさに慣れているのか、周吉はそれらを無視して、未緒に問いかけてきた。

「ええと、どういうことかな」

「どう、と申しますと？」

「妻にしていただきたくって聞こえたけど」

「ですから、お嫁に参りました」

そう断言すると、周吉が困惑した顔になった。自分の身に何が起こっているのかわからないのだろう。

「君が誰だかも知らないんだけど」

「久我山未緒と申します」

改めて名乗ってから、前もって用意しておいた台詞《せりふ》を口にした。

「わたしも詳しくは存じませんが、父に命じられました。オサキモチさまのご両親と約束したと申しております」

また、オサキモチと言ってしまったが、今度は注意されなかった。それどころではないのだろう。見知らぬ女が押しかけてきたのだから。

すでに周吉の両親が他界していることを、未緒は知っていた。本当にそんな約束があったのか調べる術《すべ》はないはずだ。口約束だったと言い張れば、誰も否定することはできない。

――約束したんなら仕方ないねえ。

オサキが口を挟んだ。おしゃべりな妖だった。明らかに面白がっている。未緒はその尻馬に乗るようにして続けた。

「親の決めたことに従うのが、子の務めです。どうか妻にしてください」

家同士で結婚の約束をすることは珍しくない。証文のない口約束の場合もあった。また、庶民であっても親の意向を汲《く》んで結婚するのが一般的だ。

しかし、周吉は首を縦に振らなかった。

「何かの間違いだと思うけど」

――妾もそう思うぞ。

小袖の手が口を挟んだ。適当なオサキと違って、妖なのに常識がありそうだ。

――周吉は古道具屋のせがれぞ。江戸から続くもずやの当主といえども、庶民であることに変わりはない。そなたは、それなりの家の娘であろう。あれだけの白無垢を用意したのだからな。

ひらひらと舞いながら、理路整然と言葉を並べる。口が達者だった。長い間、人間と暮らしているとこのように弁が立つようになるのかもしれない。妖も影響を受けるものだ。

小袖の手は未緒に向き直り、突きつけるように問いかけてきた。

――ましてや、周吉はオサキモチぞ。その家に嫁ぐ意味がわかっているのかえ。

「はい」

未緒は躊躇いなく答えた。相手がオサキモチだからこそ、恐ろしい存在だからこそ、ここにやって来たのだ。

――そなたの親も、周吉がオサキモチだということを承知しているのかえ。

憑きもの筋は、忌み嫌われる。地方によっては、オサキモチと関係を持つだけで村八分にされた。だが、未緒はここでも返事を躊躇わなかった。

「もちろんです。父は、そういう仕事をしております」

――そういう仕事？

小袖の手が聞き返してきた。そんなつもりはなかったけれど、思わせぶりな言い方をしてしまったようだ。

しかし、未緒の言葉だけで気づいたものもいた。周吉がふたたび口を開いた。

「久我山と言ったね。もしかして君の父上は――」

「はい。父の名は、久我山文忠《ふみただ》と申します」

遮るように返事をすると、周吉の表情が小さく翳《かげ》った。未緒の父の名前を知っていたのだ。先祖代々のオサキモチにして付喪神の古道具屋の主なのだから、当然のことだろう。

そんな周吉の表情を見て、小袖の手が問う。

――その久我山文忠とやらと知り合いなのかえ。

「知り合いってわけじゃないけど……」

周吉は言葉に詰まっている。どう説明しようか考えているのだろう。妖の主としては、あまり口にしたくない名前なのかもしれない。すると、ふたたびオサキがしゃしゃり出た。

――知らないなんて、小袖の手はのんきだねえ。おいら、困っちまうよ。

――困る？　なぜ、オサキが困るのじゃ？

小袖の手は、きょとんとしている。確かに、のんきだった。常識はあるが、鋭いタイプではないようだ。

――また適当なことを言っておるのだろう。

――おいら、適当なことなんて言ったことないねえ。

オサキが言い返し、小競り合いが始まろうとしたときだ。ようやく周吉が言葉の続きを口にした。

「久我山家は、平安時代から代々続く陰陽師《おんみようじ》の一族だよ」

――陰陽師？

問い返す小袖の手の声には、驚きが交じっている。今さら嫌な予感に襲われたようだ。どんなに鈍かろうと、陰陽師と聞いて動揺しない妖はいない。

「そう。陰陽師。それも妖退治を生業《なりわい》とする陰陽師の一族だよ。久我山文忠は、その当主だ」

――あ……妖退治。

今度は、小袖の手が言葉に詰まった。未緒の父親の正体を知って、付喪神たちが静かになった。襖の陰にいる黒ちび猫までが、なぜか困ったような顔をして、しっぽを丸めた。

「にゃん……」

そして、沈黙があった。長い沈黙だ。

やがて未緒に視線が集まってきた。さらに、しばしの沈黙の後で、もずやの付喪神を代表するように、小袖の手が問いを発した。

——妾たちを退治に来たのかえ。

「違います」

はっきりと否定した。未緒は陰陽師ではないし、父にしても依頼を受けてもいない妖退治はしない。

——では、陰陽師の娘が何用じゃ。

「さっきも申しましたように、オサキモチさまの妻にしていただきたく、こちらに参りました」

また付喪神たちが静かになった。周吉も返事をしない。あれほどうるさかったオサキまで黙っている。妖退治を生業とする陰陽師の娘が、妖の主とも言えるオサキモチに嫁入りしようとしているのだから驚くのは当然なのかもしれないけれど。

襖から顔を半分だけ出している黒ちび猫が、沈黙に耐えられなくなったように小さく鳴いた。

「にゃん……」

〇

親の決めたことに従うのが子の務めです。お嫁に参りました。どうか妻にしてください。

未緒は、そんな言葉を繰り返した。嫁入りではなく、押しかけ女房《にょうぼう》だ。一方、周吉の返事も繰り返しだった。

「そう言われても……」

困り果てて戸惑っている。未緒の真意がわからないのだろう。親が約束したと聞いて、きっぱりと拒絶することもできないようだ。

――面倒くさいねえ。

オサキが欠伸《あくび》交じりに言った。好奇心が旺盛で何にでも首を突っ込むけれど、すぐに飽きてしまうようだ。

――お嫁にもらっちまえばいいねえ。

どこまでも適当だった。

「そんなわけにはいかないよ」

周吉は真面目《まじめ》だ。最初から感じていたことだが、このふたりはオサキモチとオサキでありながら、主従関係とは違う印象を受ける。どちらが上というのではなく、もっと対等だ。

少し考えてから、周吉はため息交じりに言った。

「久我山文忠氏に会ってくるしかないか」

これから出かけるつもりのようだ。未緒に承諾を求めてきた。

「それでいいかな」

「はい」

断る理由はなかった。未緒にとっても好都合だ。

「今から行けば昼前には着くかな」

独り言のように言った。いつのまにか午前九時を過ぎていた。それから未緒に聞いてきた。

「一緒に行く？」

「いいえ。お嫁に来た以上、実家に帰ることはできません」

強引に言った。一緒にもずやを出ては意味がない。

「そっか」

周吉は頷いた。納得したのではなく、親と話したほうが早いと思ったのだろう。こうして、周吉を見送ることになった。玄関先で三つ指をついた。嫁に来たのだから、これくらいのことはすべきだろう。

「いってらっしゃいませ」

「う……うん」

周吉が曖昧に返事をした。未緒をどう扱っていいのかわからないのかもしれない。妖たちや黒ちび猫も一緒に周吉を見送っていた。

真冬の外出ということもあって、周吉はトンビを羽織っている。背が高く、すらりとした体格の周吉には、地味な色合いの和装コートのトンビがよく似合った。

優しげな顔立ちのせいか、小さな古道具屋の主でしかないのに、庶民には見えなかった。立ち居振る舞いにも品がある。「悪妖怪でさえ逃げ出す」と噂される恐ろしいオサキモチにも見えない。

——この寒いのに、外に行くなんて面倒くさいねえ。

オサキは嘆きはするけれど、逃げ出す素振りはなかった。周吉の懐に入ったまま、トンビの隙間《すきま》から、ちょこんと顔だけ出している。その様子は寒がりの子狐にしか見えないが、憑いている人間から離れることができないのかもしれない。

——おいら、風邪を引いちまうよ。

妖が病気になるはずがない。適当でうるさいオサキに慣れているのか周吉は相手をせず、未緒に声をかけてきた。

「誰も来ないと思うけど、よろしくね。わからないことは、小袖の手に聞いて」

初めて会ったばかりの娘に留守番を頼んだのだった。手水《ちょうず》（トイレ）や台所の場所も教えてくれた。不用心な気もするが、付喪神の古道具屋に入った泥棒は不運なだけだ。

客が来そうな雰囲気もなかった。これで生活できるのだろうか、と首を傾《かし》げる未緒をよそに、周吉は小袖の手と黒ちび猫にも声をかける。

「何かあったら頼むよ」

付喪神たちのリーダーらしき小袖の手に言うのはともかく、臆病そうな黒ちび猫に何を頼むというのか。わざわざ声をかける意味がわからなかった。普通の男に見えるが、やはり周吉には謎《なぞ》が多い。

——妾に任せておくがいい。

「にゃん」

小袖の手と黒ちび猫が返事をした。そのくせ、黒猫はまだ未緒を怖がっているみたいで、物陰に隠れたままだ。ずっと隠れている。周吉とオサキが外に出ていった後も、出てこなかった。

だけど、オサキモチが主の古道具屋にいるのだし、人間の言葉がわかるようなので、ただの小さな黒猫ではないだろう。

「もしかして、猫又《ねこまた》さんか化け猫さんですか」

二人が出かける前に誰に聞くともなく質問をすると、オサキが返事をした。

――違うねえ。クロスケだねえ。

それが、黒猫の名前らしい。見た目そのままである。猫又でも化け猫でもないとすると、ただの飼い猫か。しっぽを見ると、確かに一本しかない。ちっちゃなしっぽが、ときどき動いているだけだ。

「にゃん」

ふたたびクロスケが返事をするように鳴いた。オサキに紹介されて、頷いたみたいだ。

○

周吉とオサキが出て行くと、店の中は静かになった。後を任されたはずの小袖の手にしても、商売をするつもりはないらしい。

――おぬしの白無垢は庭に干してある。頃合いを見て、取り込むがよい。

浴衣に着替えさせてくれたのは、小袖の手のようだ。そんな話をしてから続けた。

――昼間は苦手じゃ。妾は眠るぞ。お未緒も休むがいい。

いつの間にか気安い感じで呼ばれている。声が眠そうだった。

未緒の知るかぎり、妖は暗闇の中で活動することが多い。小袖の手にしても、太陽を恐れているとまではいかないけれど、好んではいないようだ。

――おれも寝る。誰が何と言おうと寝る。

――休もうぞ。休もうぞ。

――昼間は苦手じゃ。苦手じゃ。

付喪神たちは口々に言って、わらわらとどこかに行ってしまった。小袖の手も、この家のどこかに寝床があるらしく、欠伸交じりに呟いた。

――用事があったら、クロスケに言うがよい。

黒ちび猫に丸投げすると、未緒の返事を待たずに、ひらひらと飛んで行ってしまった。

「……おやすみなさい」

小袖の手たちを見送った。すでに妖たちの気配は消えている。本当に眠ってしまったようだ。誰も未緒を警戒していない。

周吉やオサキにしてもそうだ。未緒は拍子抜けしていた。悪《あく》妖怪でさえ逃げ出すと聞いていたが、まるで怖くなかった。何事に対しても、あっさりとしている。投げやりとさえ思えるほどだ。

店に残っているのは、妖の天敵とも言える陰陽師の娘である未緒だけだ。妻にして欲しいと押しかけはしたけれど、いきなり一人で留守番をすることになるとは思わなかった。

「……これでいいのでしょうか」

未緒は呟いた。なぜか信用されたようだが、下心のある身としては居心地が悪い。

「にゃん」

唯一、そばに残っているクロスケが鳴いた。返事をしたようだけれど、猫の言葉はわからない。ただ、さっきより未緒に近づいてきている。黒ちび猫までが未緒を信用したみたいだ。

「本当にいいのですか」

「にゃん」

「では、遠慮なく」

「にゃん?」

クロスケが首を傾げているが、それ以上の説明はしなかった。未緒は立ち上がり、もずやに潜り込んだのだから。

電灯のついていない暗い廊下を歩き始めた。すべきことがあった。そのために、もず
やに潜り込んだのだから。

周吉とオサキが出かけ、付喪神たちが眠ってしまったのは好都合だった。これで、父に命じられた仕事をすることができる。

○

久我山家の歴史は古く、平安時代から始まっている。もともとは民間の陰陽師として、悪霊や妖退治を生業としていた。当時、陰陽師は星の数ほど存在していたが、久我山家の陰陽師の力は図抜けており、その名前は朝廷にまで轟《とどろ》いていたという。仕官

の話もあったようだ。安倍晴明《あべのせいめい》の同僚だったという話まで残っている。

その後も力は衰えず、江戸時代になると、民間の陰陽師でありながら幕府から意見を求められるようになる。

意見を述べるだけではなく、活躍もしていたようだ。一族の家伝には、例えば、徳《とく》川《がわ》家に恨みを持つ怨霊――関ヶ《せきが》原《はら》の合戦で戦死した亡霊を退治したという記録が残っている。

しかし、正式に士官したことは一度もない。徳川家の下に置かれることを潔《いさぎよ》しとしなかったのかもしれない。

やがて幕府が倒れ、文明開化の世の中となる。ここで久我山家は大きな転換を迫られる。明治政府が西洋化を進め、暦を改めた上、古くさいものや迷信を排除し始めたからだ。陰陽師も排除されるもののうちに入っていた。

明治三年（一八七〇年）に陰陽寮廃止を強行し、同年閏《うるう》十月十七日には、陰陽道は迷信であると断じた。民間に対して陰陽道を広めることを禁じ、久我山ほどの名家でも爵位をもらえなかった。

しかし、いくら政府が迷信だと断じようと、陰陽師の存在を否定しようとも、世の中から怪事が消えたわけではない。

むしろ西洋の文化が入ってきたことにより、新たな妖や幽霊が暗躍するようになった。世間は混沌《こんとん》としていた。

明治が終わり、大正となった今も、久我山家を頼る人間は減っていない。政府筋の人間から声をかけられることもあった。

ただ、現当主である文忠の評判は芳《かんば》しくなかった。気位《きぐらい》が高く、依頼人を選ぶ。身分のある者か大金持ち以外とは会うことさえしなかったのだ。

貧乏人がどんなに頭を下げようと、文忠の目には入らない。庶民が屋敷に近づくことすら嫌がった。傲慢で、常に他人を見下している。

未緒は、そんな文忠の娘だった。他に、年の離れた弟の清孝《きよたか》がいる。まだ八歳だが、久我山家の跡取りだ。男児が家を継ぐのは当然のことで、次の久我山家当主になると決まっている。従って、未緒を嫁に出すことは不思議ではなかった。

○

——おかしいねえ。

人通りのない屋敷町を歩きながら、オサキが言った。妖のくせに寒いらしく、トンビから顔を出そうとしない。

オサキの姿は普通の人間には見えないし、その声も聞こえないのだけれど、人前を歩くときは静かにしていて欲しかった。話しかけられれば返事をしそうになるし、どこに霊感のある人間がいるかわかったものではないのだから。

このときは幸いにも、周囲に人はいなかった。人ではないものが聞き耳を立てている気配もない。周吉は、トンビの中のオサキに問いかけた。

「何がおかしいんだい」

――何もかもがおかしいねえ。

真面目な声で返事をしたが、オサキが真面目になるのは、いつだって一瞬のことだ。すぐに笑い出した。

――貧乏人を相手にしないんだったら、周吉なんて眼中にないはずだからねえ。ケケケッ。

自分だってその家の一員なのにバカにしている。周吉をからかうのがオサキの趣味だった。

だが、オサキの言うことは間違っていない。もずやは古道具屋だ。日々の暮らしに事欠くほどではないにしても、裕福とは言えないだろう。気位の高い男が、使用人さえいない小さな古道具屋に娘を嫁に出すのは不自然だ。

ふたたび真面目な声に戻って、オサキが言う。

――おいら、文忠さんは何か企んでいると思うねえ。

「だろうね」

周吉は素っ気なく答えた。文忠が何を企んでいようと、興味はなかった。この結婚話が嘘だとわかればいい。

未緒を追い返してもよかったが、親が決めたことと言われた以上、確認しておく必要があった。相手は陰陽師の一族だ。オサキモチの家系と何らかのかかわりがあっても不思議はない。

――企んでいるのは、文忠さんだけじゃないねえ。

未緒のことだ。嫁に来たというのは口実で、彼女が何かしようとしているのはわかっている。わかっていて、もずやに残して来たのだった。

しっぽを摑《つか》もうと泳がせたわけではない。好きにすればいいと思っている。久我山父娘《おやこ》の企みを暴こうとは思わない。

――お金持ちのはずなのに、手が荒れていたねえ。

ため息交じりにオサキが続けた。適当なようで、ちゃんと見ている。未緒が三つ指をついたときに周吉も気づいた。

炊事や洗濯、掃除など水仕事を常にしている人間の手をしていた。令嬢の手ではなかった。久我山家の娘というのも嘘なのだろうか。

しかし、未緒は妖の姿を見ることができた。もずやの付喪神たちを見ても驚かず、意思の疎通も図れていた。妖だらけの古道具屋に一人取り残されても平然としている。ただの娘ではなかった。

――面倒くさいことにならないといいねえ。陰陽師なんかとかかわると、ろくなことにならないよ。

何もしないくせに、この妖は面倒くさいことを嫌う。トンビから出ないのも寒いからではなく、無精を決め込んでいるのかもしれない。

「どうでもいいよ。そうなったら、また引っ越せばいいだけだから」

投げやりに答えた。母を失って本所深川から引っ越したように、どこかの町に流れていけばいい。どこへ行こうと自分は一人だし、人間の仲間に入れてもらえないのだから。

――どうでもいいなら、お未緒をお嫁にもらっちゃえばいいねえ。

オサキは未緒を気に入ったようだ。他の妖たちも懐《なつ》いていた。だが、周吉はその言葉を無視した。相手が誰であろうと結婚するつもりはない。オサキモチは自分の代で終わりにしようと決めていた。

あんな目に遭《あ》うのは、自分だけでいい。

苦しむのは自分だけでいい。

○

久我山邸は、江戸時代からあるような日本家屋だった。平屋建てで、敷地面積は広く、裏庭らしき場所には大きな蔵があった。屋敷町だというのに両隣に家はなく、雑木林に囲まれている。

周吉は、門に続く石畳の道路に立ち止まり、屋敷を眺めた。

——すごいお家《うち》だねえ。

オサキがトンビから顔を出して、目を丸くした。面倒くさがり屋のくせに、好奇心旺盛でもあった。周吉も、久我山邸をじっと見る。屋敷は古びていて庭木も伸びている。荒《すさ》んだ雰囲気があった。

手入れをしていないのだろうが、それだけではあるまい。荒んで見えるのには、理由があるはずだ。その理由にオサキが気づいたらしく、周吉にだけ聞こえる声で笑い出した。

――剣呑《けんのん》だねえ。ケケケッ。

魔物の視線は、蔵に向けられていた。結局、周吉は何も言わず、ふたたび足を進めた。久我山邸の門に向かい、呼び鈴を押そうとしたそのときのことだった。男の声が聞こえてきた。

「そろそろ来ると思っておった」

そして、門が重い軋《きし》みを上げて開いた。誰が開けたわけでもないのに、勝手に開いたのだった。

――こいつは文明開化だねえ。

オサキが喜んでいる。蒸気か電気で動いたと思ったようだ。残念ながら、そうではなかった。

さっきまで誰もいなかったはずの門の向こうに、厳めしい顔つきの男が立っている。

四十歳くらいだろうか。

痩《や》せぎすで髭《ひげ》を生やし、銀鼠《ぎんねず》の大島紬《おおしまつむぎ》を着ている。灰色の長い髪の毛をうしろに撫《な》でつけ、足が悪いわけでもないようなのに真鍮《しんちゅう》のステッキを持っていた。値踏みするように周吉を見て、無遠慮に鼻を鳴らした。

「ふん。おまえがオサキモチか。ずいぶんと若いな。妖力も感じられん。話ほどではないようだな」

周吉を取るに足らない者だと決めつけたようだ。それでも、帰れとは言わない。周吉が黙っていると、ようやく名乗った。

「久我山家当主、文忠だ」

この男が、未緒の父親だった。傲慢で、常に他人を見下しているという噂は本当のようだ。

「わたしは――」

訪ねてきた手前もあって名乗ろうとしたが、切り捨てるように遮られた。

「おまえの名前など、どうでもいい」

文忠が吐き捨てた。周吉を蔑《さげす》んでいることを隠そうともしない態度だった。しかし、周吉は差別されることに慣れている。いや、違う。深川の事件で慣れたのだ。怒っても無駄だということもわかった。

また、文忠の人物についても悪評を耳にしていたので、無礼な態度を取られるのは予想の範囲内だった。

周吉にしても、この男に何かを期待して来たわけではない。挨拶や自己紹介を諦め、本題に入ろうとした。

「お嬢さんのことで――」

だが。

「結婚のことならば、おまえの親と決めたことだ。約束は守った。あの娘は、おまえにやる」

またしても言葉を遮り、面倒くさそうに言い放った。さっさと話を切り上げようとしている。

「話は終わりだ。さっさと帰れ。この屋敷に近づくな」

周吉と一緒にいることさえ不快そうだ。オサキモチへの偏見や嫌悪感を隠そうとしない。真鍮のステッキで地面を叩き、早くも背中を見せた。屋敷に戻るつもりでいるようだ。

――話したくなければ、屋敷から出て来なければいいのにねえ。

オサキが呆《あき》れたように言った。その通りだ。周吉は約束もせずに訪ねてきた。門前払いすることもできたはずなのに、文忠は顔を出した。オサキモチを敷地に入れたくないのだろうが、わざわざ門前まで足を運んだのだ。無礼な態度とは裏腹に、まめな性格なのだろうか。

一貫性もなかった。文忠はオサキモチを嫌いながら、娘との結婚を進めている。憑きもの筋である周吉と血縁を結ぼうとしているのは、誰がどう考えたって不自然だ。

その他にも、おかしい点はあった。周吉は、早くも屋敷に帰ろうとしている文忠に問いかけた。

「親とおっしゃいましたが、父のことですか？　それとも、母ですか？」

「母親のほうだ。本所深川の火事で死ぬ前に約束した」

振り返りもせず返事をした。文忠の声には、紛《まご》うかたもない嘲笑《ちょうしょう》が交じっていた。あの事件のことを知っているのだ。そして面白がっている。

こんな男と母が約束をするわけがない。どこで、どんなふうに知り合ったかの説明もなかった。押しつけがましい口調で続けた。

「死んだ母親の願いだ。ありがたく結婚するがいい。未緒は、煮るなり焼くなり好きにしろ。きさまにくれてやる」

まるで捨て台詞だった。周吉の返事を待ちもせず、今度こそ文忠は屋敷に戻っていった。最後まで使用人は顔を出さなかった。庭先を通りかかりもしない。

文忠の姿が見えなくなると、誰も触っていないのに門が閉まった。オサキは何も言わず、周吉は小さく首を傾げた。

〇

――おいら、くたびれちまったよ。路面電車で帰りたいねえ。

久我山邸の門が閉まった後、オサキが言い出した。文忠がいなくなって機嫌を治したのか、ふたたびトンビから顔を出した。

オサキときたら、新しいものが大好きだった。江戸時代から生きている旧弊ものの妖のくせに、流行《はや》り物に目がなかった。どこで情報を仕入れてくるのか、よく知っている。一方、周吉はあまり興味がなかった。

「時間の無駄だよ。歩いたほうが早い」

電気で走る路面電車の人気は高く、「東京名物満員電車」と絵葉書で取り上げられるほど混んでいた。時間帯によっては、乗車するまで一時間も待たされる。

――くたびれるから、歩きたくないねえ。

「歩いてないじゃないか」

周吉は指摘した。オサキは返事をせず、別の要求を始めた。

――だったら、あんぱんを買っておくれよ。

「あんぱん？」

――木村屋《きむらや》のあんぱんだねえ。

オサキが念を押すように強く言った。どこかで小耳に挟んだのだろう。木村屋のあんぱんの宣伝を始めた。

――明治天皇にも献上された逸品だねえ。

妖に教えてもらわなくとも、周吉だって、あんぱんくらいは知っていた。

「三十分も並ばないと買えないんだろ？　それこそ時間の無駄だよ」

――じゃあ、ジャミパン（ジャムパン）でもいいねえ。

これも木村屋の人気商品だった。杏《あんず》ジャムを使って作った菓子パンである。路面電車同様、並ばなければならないことに変わりはなかった。そう指摘すると、オサキがもとの要求に戻った。

――変わりがないなら、あんぱんを買っておくれよ。

妖は甘い物が好きらしく、その中でも、あんぱんの人気が高かった。オサキもその例に漏れず、隙あらば周吉にねだった。

――お土産にあんぱんを買って帰ったら粋《いき》だと思うねえ。

「遊びに来たわけじゃないから」

断ると、オサキが目をぐるぐる回しながら抗議してきた。

――とんでもないケチだねえ。

「ケチで結構だ」

誰にも聞こえない声で、オサキと話しながら歩いていく。わざとゆっくり歩いていた。背後に気配を感じていたからだ。誰かがあとをついてきている。オサキも気づいていた。

――懐のあんぱん狙いかねえ。

「懐に入っているのは、おまえだけだよ」

さらに足を進めた。相変わらず、周囲に人影はなかった。やがて、久我山邸が見えなくなったあたりで呼び止められた。

「……オサキモチさま」

幼い男児の声だった。その声は震えている。足を止めて振り返ると、仕立てのいい洋服をきちんと着た八歳くらいの男の子が立っていた。

この男の子がついてきていることだけではなく、久我山邸の物陰から、周吉と文忠の話を聞いていたことにも気づいていた。

――ちっちゃいのが出てきたねえ。

オサキが、男の子の顔をのぞき込んだ。トンビから顔を出しているのに、男の子は魔物の姿が見えていないようだ。

普通の人間は、妖を見ることができない。しかし、霊感や妖力を持っている者や修行を積んだ宗教家たちは、これを見ることができた。

今後の修行次第ではあるのかもしれないが、現時点では、この子どもは普通の人間だ。特別な力は感じられない。

――陰陽師の家も終わりだねえ。ケケケッ。

顔を突き出すようにして、意地悪く笑った。この男の子の正体に気づいているのだ。今までいた場所を考えれば、気づいて当然だ。

「オサキモチじゃない。ちゃんと名前がある。鵙谷周吉」

そう名乗ってから念のため聞いた。

「君は誰？　あの家の人？」

「は……はい。久我山清孝です」

予想通りの返事があった。久我山家の嫡男だ。未緒の弟に当たるのだろう。あまり顔は似ていなかった。オサキの言うように、霊感や妖力もないようだ。

「何か用かな」

　重ねて問うと、一瞬逃げ出す素振りを見せたが、ぐっと堪えたようだ。両足を踏ん張るようにして、周吉の質問に答えた。

「お姉さまを――久我山未緒を返してください」

　未緒のために勇気を振り絞って、その言葉を発したのだろう。震えが大きくなっていた。

　オサキモチがどんなものかを知っているようだ。ろくでもない噂を聞いたのだろう。周吉に怯えている。それでも、逃げ出さずにまっすぐにこっちを見ている。

「お願いです。お返しください」

　清孝がふたたび言った。

「お返しくださいって……」

　奪ったわけでもないのに、頼まれても困ってしまう。どう答えたものかと考え込む周吉を尻目に、オサキが勝手に返事をした。

　――お断りだねえ。もらったものは返せないよ。

第二章　泥棒猫の娘

　オサキモチもオサキも怖くはなかったけれど、もずやが妖の巣窟であることは確かだ。たくさんの付喪神を目にしたし、その他にも妖気を感じる。どこに何が潜んでいるかわかったものではなかった。

　未緒は、妖や幽霊を見ることができる。生まれながらの能力だ。だからこそ、妖の恐ろしさを知っている。

　また、久我山家には古い書物があり、虫干しをするのは未緒の仕事だった。先祖代々伝わる書物もあれば、未緒が触れるのを禁じられている書物もあった。それでも膨大な量の書物を虫干しさせられた。

　最初のころは、年老いた使用人と二人で虫干しをしていた。仕事だけでなく、文字も教えてもらった。父母は虫干しなどの雑用は使用人に任せきりで顔を出すことはなかったから、書物を読む時間はあった。

　そのときに得た知識がある。ある書物には、人を食らう妖も珍しくない、と書かれていた。もずやを家探《やさが》しするのは、危険なことだろう。小袖の手にしても、伝承通りなら江戸を火の海にした悪妖怪だ。泥棒を働こうとしていると気づかれたら、ただでは済むまい。

　危ないとわかってはいたけれど、やめるわけにはいかない。それは、久我山の家や父のためではなかった。脳裏に浮かぶのは、弟の顔だ。弟に言われた言葉もおぼえている。

「お姉さま、お嫁になど行かないでください」

　未緒が嫁入りすると聞いて、清孝は泣き出してしまった。嫁にやらないでください。そう父にもすがりついたが、にべもなく払いのけられた。

「女は嫁に行くものだ」

　文忠の言葉は間違っていない。嫡男がいる以上、女は嫁に出される。久我山家にかぎったことではない。親たちは、少しでも条件のいい家に娘を嫁がせることを目標にする。娘を女学校に入れるのも、結婚相手の条件をよくするためだ。

　けれど、未緒の場合は事情が違った。幸せな結婚など望むべくもなかった。女学校にも行かせてもらえず使用人同然の扱いを受けていた。いや、使用人以下だ。

久我山の家には居場所がなかった。生まれてきたことを申し訳なく思いながら暮らしていた。

○

「この家に置いてやっているんだから、感謝して欲しいわ」

父の妻である美津江《みつえ》の口癖だ。母と呼ぶべきだろうが、母ではない。美津江もそう呼ばれることを望んでいない。未緒に話しかけられることさえ、望んでいない。二人の間には、血のつながりがなかった。

未緒を産んでくれたのは、久我山家で使われていた女性だ。文忠の妻でもなければ、妾《めかけ》でもない。父が手をつけ、未緒が生まれた。女中が、雇い主に弄《もてあそ》ばれることは珍しい話ではなかった。子どもができても、何の権利《し》も与えられない。その家の子どもだと認めない人間も多い。それ以前に堕胎を強いられることもあった。

その女性が未緒を産めたのは、当時、久我山家に子どもがいなかったからだ。父と美津江の間には、子どもができなかった。使用人の腹を借りようとも、自分の血を残したかったのだろう。生まれたばかりの未緒を引き取りはしなかったが、東京の外れに家を借りて母子を住まわせた。

未緒の本当の母に対して、文忠に愛情のようなものがあったのかはわからない。また、母が文忠をどう思っていたのかもわからない。もう聞くことはできない。未緒が三歳のときに、母は流行り病《やまい》に罹《かか》って死んでしまった。そして、未緒は久我山家に引き取られた。苦しみの始まりだった。

まだ三歳だったので、実の母と暮らした記憶はおぼろげだった。だが、久我山邸で自分の身に起こったことは鮮明におぼえている。

例えば、美津江は幼い未緒に繰り返し言った。

「あなたは人間じゃないのよ。家を続かせるための道具として置いてやっているのだから、私に逆らうことは許しません」

美津江にしてみれば、未緒は、夫を寝取った泥棒猫の娘だ。文忠や親戚縁者から妊娠できないことを責められてもいただろう。子どもができないことを女性のせいにされる風潮はある。

その恨みを未緒にぶつけて、事あるごとに辛《つら》く当たった。未緒は罵《ののし》られ、ときには頬を張られた。

言葉や暴力だけではない。形見として持ってきた母の着物も取り上げられた。しかも、美津江はただ取り上げただけではなく、床にスープをこぼし、その上に母の着物を投げ捨てた。

「それで床を拭きなさい」

そう命じられた。

「でも……」

「でも？　泥棒猫の娘が、でも、と言ったの？　このわたしに口答えをするつもり？」

般若《はんにゃ》のような顔をしていたが、美津江の口もとは笑っていた。楽しくて仕方がないと言わんばかりだった。

「口答えなんて……」

「だったら、早く拭きなさい」

美津江は引かなかった。逆らうことのできる立場ではない。未緒は膝をつき、母の着物を雑巾代わりにして床を拭いた。薄紅色の綺麗《きれい》な着物が、スープの色に染まっていく。どうしようもなく汚れてしまう。

涙があふれてきた。拭いたばかりの床に、水滴が落ちる。水たまりを作る。美津江はそれを見て、満足そうに言った。

「あなたのためを思ってやらせているのよ」

口もとだけでなく、声に笑いが交じっている。楽しげな声で、未緒に言い聞かせる。

「分《ぶん》をわきまえるのは大切ですからね。あなたもあの女も、雑巾くらいにしかならない人間なんだって自覚しないといけません。これからも、この先も床に這《は》いつくばって生きていくのよ」

父は庇《かば》ってくれなかった。未緒をいないものとして扱っていた。美津江が折檻《せっかん》しようとも、注意もせず見もしなかった。

未緒が七歳のとき、美津江に子どもができた。しかも男児を産んだ。美津江の鼻はさらに高くなり、父も手放しで喜んだ。

「これで女中の血を入れなくても済む」

と、未緒の前で言い放った。父は、未緒の母の名前を口にしなかった。美津江に気を使ったのではなく、たぶん、おぼえていないのだろう。忘れたのではなく、最初から知らなかったのかもしれない。

こうして、未緒は道具ですらなくなった。跡継ぎが生まれたのだから、もう家に置いておく必要はない。このときに久我山家から追い出されれば、ある意味、幸せだったかもしれない。人生をやり直すことができたかもしれない。

だが放逐《ほうちく》されなかった。そのころから――もしかすると、そのずっと前から、家が傾き始めていたからだ。家族扱いされてなくとも、一緒に暮らしていれば嫌でもわかる。

本当の子どもが生まれる少し前から、久我山家では使用人を減らしていた。そんなお金さえ惜しいのだ。未緒なら給金はいらない。一銭も払わなくて済む。無給でボロ雑巾のように使うことができる。使い潰しても惜しくない。

苦しいばかりの毎日が続いたが、ささやかな救いもあった。美津江の産んだ男児――清孝が、未緒に懐いてくれた。

「お姉さま、お姉さま」

そう呼んでくれた。未緒に同情的だった使用人の誰かが、清孝にそんな言葉を教えたのだろう。

表立って文忠や美津江に逆らいはしないけれど、使用人のうちの何人かは未緒を庇ってくれた。食事や着る物を分けてくれた。文字を教えてもらったこともある。未緒が曲がりなりにも生きて来られたのは、彼らのおかげだった。日を追うごとに、使用人の数は――庇ってくれる者は減り続けていたが。

美津江は、清孝が未緒に懐いていることに腹を立てた。未緒が清孝に取り入ったと思ったようだ。ある日、いきなりハサミで髪を切られた。

「清孝さんに色目を使った罰よ」

感情のない声で言われた。美津江の目は据わっていた。いつも以上に怖かった。今にも、未緒の耳や顔の皮膚を切りそうだった。未緒の首筋にハサミを突き立てそうだった。

乱暴な手つきで未緒の髪を切り終えると、美津江は顔を近づけてきた。吐息がかかるほどそばに来た。そして、耳もとで囁《ささや》いた。

「あの子に手を出したら殺すから」

未緒にしか聞こえない声で言ったのだった。冷たい殺気が込められていた。美津江は本気だった。未緒の母をまだ恨んでいるとわかった。

「あなたは泥棒猫の娘なのよ。優しくしてもらう権利なんてない。幸せになる権利もない。結婚する権利もない。死ぬまで独りぼっちでいればいい」

呪文のように言われた。返事をできずにいると、美津江が顔を離し、急に素っ気ない声になって呟いた。

「あなたなんて生まれてこなければよかったのよ」

確かに、そうなのかもしれない。未緒は納得していた。泥棒猫の娘は幸せになってはならない。独りぼっちで寂しく生きていくのだと思った。

○

未緒が十四歳になるころには、住み込みの使用人は誰もいなくなった。通いの使用人も一人か二人しかいない。これまでは庭師を雇っていたが、それもやめてしまったようだ。庭は荒れ、傍目にも家が傾きかけているとわかるようになった。

時代が進むごとに、怪事そのものが減っていたせいもあるのだろう。ガス灯や電気の灯りが闇を追い出し、妖や幽霊たちの居場所を奪った。陰陽師の出る幕がなくなりつつあった。

それでも闇は完全にはなくならない。ガス灯や電気の灯りが届かない場所は残っている。ときどきだけれど、文忠に依頼する者はあった。

御一新後に成り上がった家もあるが、金持ちの多くは旧家だった。古くから続く家では、どうしても物が増える。

いわくのある〝物〟もあり、祓《はら》う必要のある〝物〟もある。始末したくとも、どうしていいかわからない。

そんなとき、人々は久我山家の門を叩いた。

○

　未緒が十六歳になると、文忠に呼ばれた。用事を言いつけられることはあっても、自室に呼ばれるのは滅多にないことだ。いい話のはずがない。この家に来てから、いい話など一つもなかったのだから。

　嫌な予感に駆られながら父の書斎に入ると、いきなり命じられた。

「嫁に行け」

　意外な言葉だった。十六歳で嫁に行く娘など珍しくもないが、未緒は久我山家の一員として扱われていない。結婚することもなく、一生ただ働きの使用人として扱《こ》き使われると思っていた。

　未緒は驚き、黙っていた。文忠は気にしない。もとより未緒の意思を聞くつもりなどないのだろう。自分勝手に話を進めていく。

「おまえにやってもらいたいことがある」

「やってもらいたいこと？」

　思わず聞き返してしまった。普段は質問することさえ許されていない。しかし、今日は様子が違う。

「そうだ。重大な仕事がある」

どことなく未緒の機嫌を取るようですらあった。今までにないことだ。切羽詰まった事情があるのだとわかった。

重大な仕事があると言っておきながら、その内容を言おうとしない。口を閉ざして、こっちを見ている。未緒が質問するのを待っているのかもしれない。

「……どちらに嫁入りするのでしょう」

おずおずと問うと、文忠がようやく答えた。

「嫁入り先は、オサキモチの家だ。オサキモチのことは知っているな」

「は……はい」

押し出すように答えた。使用人以下の扱いを受けているとはいえ、陰陽師の家で暮らしている。久我山家を訪れる客や出入りの商人たちから、オサキモチの噂を聞いていた。使用人が話してくれた記憶もあったし、虫干ししたときに見た書物にも書かれていた。

オサキモチとは、妖とも人間ともつかない存在で、オサキという凶暴な狐を使役するという。オサキの他にも、妖や幽霊を従えているようだ。

それだけなら伝説や昔話の類《たぐい》だが、およそ一年前に大きな事件を起こしたという噂があった。本所深川で大暴れをし、一帯の家を破壊したらしい。火事を起こし、死者も出たと聞いている。

「噂は事実だ。本所深川にいられなくなって、小石川の外れに逃げてきた」

そんな家に嫁に行けというのだ。まともな縁談であるはずがない。未緒の機嫌を取るような調子は消え、いつもの命令口調になった。

「オサキモチの名は、鵙谷周吉。おまえは、周吉の嫁になる」

「……はい」

子は、親の決めた相手と結婚するものだ。ましてや未緒は世話になっている身。逆らうことはできない。急な話だろうと、不自然な縁談だろうと、相手が恐ろしいオサキモチだろうと、未緒に断る権利はなかった。

文忠も、未緒が断るとは思っていないだろう。それでも念を押してきた。

「わかったな」

「はい」

何もわかっていないのに、そう答えた。妖とも人間ともつかないものの家に嫁入りすることになった。

女の幸せは結婚することにある。だけど、相手がオサキモチでは殺されに行くようなものだ。

それでもいい、と思った。生きていたって、いいことなんてないのだから。死んでしまえば、きっと楽になれる。辛いばかりの毎日から逃れられる。

話は終わった。もう自分に用はないだろう。頭を下げて書斎から出て行こうとしたが、呼び止められた。

「待て。話は終わっておらん」

むしろ、ここからが本題だった。文忠の声が低くなった。

「その家の人間になれと言っているのではない」

意味がわからなかった。嫁入りするのだから、鵙谷家の人間になるのではないのか。

世間には、嫌なことがあったら戻ってこいと言う親もいるようだけれど、父はそういう人間ではない。

未緒を無給の使用人として扱き使いたいのだろうが、ならば嫁に出す必要はあるまい。縁談を断ればいいだけの話だ。

困惑し黙っている未緒を見て、文忠が噛んで含めるように続けた。

「もずやから持ってきて欲しいものがある」

「それは……」

まさかと思いながら問い返すように見ると、父がはっきりと命じた。

「そうだ。盗んで来いと言っているんだ」

目が血走っていた。必死に平静を装おうとしているが、明らかに追い詰められている。一刻の猶予もないほどに。

「嫁入りすれば、もずやはおまえの家だ。自由に歩き回っても問題なかろう」

今度は、勝手な理屈を並べた。本気で未緒に盗みを働かせようとしているのだ。

（泥棒猫の娘）

美津江に罵られた言葉が、脳裏を駆け巡る。頭の中で何度も繰り返される。皮肉な話だ。泥棒猫の娘が本物の泥棒になろうとしているのだから。父は、未緒が泥棒になることを欲していた。

悲しみや痛み、嫌悪感、良心の呵責《かしゃく》。いくつもの感情を押し殺して、未緒は父に問うた。

「何を持ってくればいいのでしょうか」

文忠は古びた和綴じの書物を手に取り、ページをめくった。最初から未緒に見せるつもりだったのだろう。目的のページは簡単に開いた。それを文机の上に広げながら言った。

掠《かす》れた墨で、紙で作られた人形の絵が描かれていた。その脇に、名前らしき文字があった。達筆というよりも悪筆に近い、崩しすぎた筆跡だったけれど、辛うじて読むことができた。

「これだ」

憑きもの落としの式王子

未緒はそれを知っていた。オサキモチを知っている者なら、誰もが耳にしている道具だ。遠い昔、「太夫《たゆう》」と呼ばれるいざなぎ流の宗教者が、オサキモチに授けたとされる紙人形だった。

これを使えば、どんな邪悪な妖も退治することができる、と目の前の書物に書かれていた。

憑きもの落としの式王子を操るための呪文らしき文言《もんごん》まで載っている。法文というものらしい。注釈がふられていた。

ひどく読みにくい筆跡で書かれた法文を目で追いながら、文忠は独り言のように呟いた。

「これさえあれば、蔵を掃除することができる」

久我山家を――清孝を救うことができる、と未緒には聞こえた。どうしても紙人形が必要だった。

○

周吉とオサキのいない間に、憑きもの落としの式王子を見つけて盗む。

他にも妖たちはいるが、幸いにも眠ってくれたようだ。この機会を逃すわけにはいかない。

「早く見つけないと」

自分に言い聞かせるように呟いた。もずやから久我山邸までは、それなりに距離がある。男の足でも、行って帰ってくるまで半日はかかるだろう。父に話をしに行ったのだから一日仕事だ。

だが、のんびりとはしていられない。小袖の手たちがいつ目を覚ますかわからない上に、未緒はもずやの間取りを知らないのだから。

書物に描いてあった絵の感じからすると、憑きもの落としの式王子は大きなものではないようだ。紙で作られている以上、それほど厚みもないだろう。本や衣類の間に挟まれている可能性だってある。古道具屋の店頭に並んでいる可能性すらあった。

「どこから探そう……」

初《しょ》っ端《ぱな》から途方に暮れた。久我山邸ほど広くはないが、それにしたって五、六部屋はありそうだ。

しかも、ここはオサキモチや妖の棲《す》む家なのだ。床下や天井裏に隠し部屋があっても驚かないし、どこに何が潜んでいるのかわかったものではない。下手《へた》に触れば、眠っている妖たちを起こしてしまう。音を立てることも控えたほうがいい。

本職の泥棒なら見つけることができるかもしれないが、未緒はただの娘だ。何も触らず音も立てずに家探しするのは不可能だろう。

「どうすればいいんだろう」

見当もつかなかった。こうしている間にも、刻一刻と時間は進んでいく。周吉たちが今にも帰ってきそうな焦りにも襲われた。

歩きかけた足を止めて途方に暮れていると、未緒の足もとから鳴き声が上がった。

「にゃん」

クロスケが、すぐそばにやって来ていた。相変わらず臆病そうな顔をしているけれど、じっと未緒を見ている。その目は優しかった。未緒は思わず聞いた。聞かずにはいられなかった。

「心配してくれているの」

するとと返事があった。

「にゃん」

こくりと頷いたのだった。化け猫でも猫又でもないと言っていたが、人間の言葉がわかるようだ。オサキモチや妖たちと暮らしているうちに、そんな力が身についたのかもしれない。人も妖も猫も、時代や環境の影響を受けるものだ。

「ありがとう」

未緒がお礼を言うと、ふたたびクロスケが鳴いた。

「にゃん」

○

早く紙人形を見つけなければいけない。妖たちを起こしてしまう危険を承知の上で、未緒は動き始めた。

足音を立てないように廊下を歩き出すと、背後から、とことことクロスケがついてきた。

「にゃん」

一緒に来るつもりのようだ。心強かったけれど、巻き込みたくなかった。この優しくて小さな黒猫に、泥棒の片棒を担がせるわけにはいかない。手を汚すのは、自分だけで十分だ。

「これから泥棒をするんです。一緒に来ないほうがいいですよ」

「にゃん」

クロスケは首を傾げている。泥棒という言葉の意味がわからないみたいだ。この家では、そんな言葉を使わないのだろう。

周吉の顔が浮かんだ。出会ったばかりだけれど、穏やかで優しかった。戸惑いながらも、突然、押しかけてきた未緒の話を聞いてくれた。寒さに風邪を引きそうになっていると、綺麗な着物を貸してくれた。そんな周吉を、自分は騙《だま》している。

「嫁入りなんて嘘なんです。親同士の約束だって、きっとなかった。わたしは、周吉さんの紙人形を盗みに来たんです」

口にすると、胸が痛くなった。文忠が、未緒のために結婚の約束をするはずがない。

周吉の親が他界しているのをいいことに、話を作ったに決まっている。そこまでわかっていながら、ここにやって来た自分も悪人だ。でも、そうしなければ、清孝を救うことはできない。どうしても、憑きもの落としの式王子を手に入れる必要があった。

「クロスケさん、ごめんなさい」

小さな黒猫に謝った。涙があふれそうになった。誰かを騙すことが、こんなに辛いとは思わなかった。

今度は、死んでしまった母の顔が浮かんだ。どうして、一緒に連れて行ってくれなかったのだろう。無理やりでもいいから、あの世に連れて行って欲しかった。そうすれば、泥棒なんかせずに済んだのに。こんな思いをせずに済んだのに。

「にゃん」

クロスケが優しい声で鳴いた。それから未緒の顔を見て、とことこと歩き出した。小さなしっぽが揺れている。

「……どこに行くんですか？」

「にゃん」

ついてこいと言われた気がした。にゃんとしか鳴かないのに、気持ちが伝わってくるのが不思議だった。

「にゃん」

ときどき未緒を気にしながら、案内するように廊下を進んで行く。よくわからないが、ついて行ったほうがいいように思えた。早くもクロスケの姿が見えなくなりかけていた。

「ちょっと待ってください」

未緒は歩き始めた。周吉とオサキのいないもずやは、静まり返っている。

○

クロスケは廊下を進み、いちばんの奥の部屋の前で止まった。そして、追いかけてきた未緒を見上げる。

「にゃん」

目的地に着いたようだ。

もずやの外観は和風の造りだが、中身は文化住宅と呼ぶべきだろうか。西洋風の部屋があるようだ。クロスケが立ち止まった部屋の入り口は、襖や障子ではなく木製のドアだった。

文化住宅が一般に広まったのは、大正も中頃になってからのことだ。つい最近までなかった建築様式のはずなのに、目の前のドアは百年も昔に作られたように古びていて、真鍮のドアノブも使い込まれていた。

「古材で作ったのでしょうか……」

解体した昔の家の柱や梁《はり》を使うのは珍しくない。だがドアとなると、百年前には使われていなかった気もする。もちろん、長崎などにある外国人の屋敷から持って来たのかもしれないが。

山のように書物を読んでも、わからないことはたくさんある。久我山家に引き取られてから、おつかい以外で外に出たことのない未緒は世間知らずだった。

「にゃんっ！」

クロスケがドアに向かって鳴いた。小袖の手たちが目を覚ましそうなほどの元気な声だった。

その鳴き声に反応するように、ギギギと軋んだ音を立ててドアが開いた。誰か――もしくは、何かが部屋の中にいるのだろうかと思ったが、ドアの向こう側は暗く、静まり返っている。

「にゃん」

黒ちび猫が、未緒の顔を見て鳴いた。一仕事終えたと言わんばかりの表情をしているけれど、未緒は戸惑うばかりだ。何が起ころうとしているのだろうか。

「この部屋の中に入れと言っているのですか」

思いつきを口に出すと、クロスケが大きく頷いた。その拍子に、しっぽも一緒に縦に動いた。全身で肯定している。だが、未緒の戸惑いは消えない。

「勝手に入っては、まずいのではないでしょうか」

泥棒をしようとしていたくせに、いざとなると躊躇ってしまう。心を決めてやって来たとはいえ、十六歳の少女にすぎないのだから。

母のことを思い出したせいもあるだろう。気持ちが萎《な》えていた。清孝のために紙人形を持ち帰らなければならないのに、盗みを働くのが嫌になっていた。

「にゃん」

クロスケがドアの向こうに鳴いた。すると、暗がりから声が聞こえてきた。

——礼儀正しい人の子だ。勝手に入るのがまずいのなら、許可を与えよう。ここは、わしの部屋だ。遠慮はいらぬ。入るがいい。

老爺《ろうや》の声のように聞こえるが、明らかに人間のものではなかった。脳に直接話しかけてくるような音だ。

「妖……さまですか？」

——妖には違いないが、人の子に敬われるようなものではない。つまらぬ付喪神だ。

淡々とした口調で、自分を卑下《ひげ》している。ひどく悲しげだった。放っておけない気持ちになった。

「では、失礼いたします」

お辞儀をして部屋に入った。クロスケも一緒に入ってきた。その瞬間、背後でドアが閉まり、真っ暗になった。

部屋に窓はないらしく、何も見えない。一寸先も見えない闇が広がっている。家の中にいるのに、闇夜に放り出された気がした。

これでは歩くことができない。立ち止まっていると、未緒の足もとでクロスケが鳴いた。

「にゃん」

何かを頼んでいるような声だった。灯りをつけてくれ、と言っているのかもしれない。猫は夜行性だが、人間に飼われていると、だんだん昼間に活動するようになるという。ましてやクロスケは臆病なちび猫である。暗い場所が怖いのだろう。

「にゃん……」

もう一度鳴いた。さっきより声が小さくなっている。ずっと未緒の足もとにいるが、身体をくっつけて離れようとしない。

この部屋の主であるらしき妖にも、クロスケが怯えているのが伝わったようだ。すぐに声が聞こえた。

――おお、そうか。おぬしは暗いのが苦手だったのう。

そして、ランプが灯った。もずやには電気が引いてあるはずだが、この部屋では石油ランプを使っているようだ。

電灯が普及しても、ランプがなくなったわけではない。家庭に吊された電球の数が少なかったこともあり、石油ランプを好んで使う者も多かった。久我山家でもランプを使っている。

そのランプを磨くのも、未緒の仕事だった。他の使用人たちと一緒に磨いた。手が真っ黒になる汚れ仕事で、父も美津江も顔を出さなかったので、世間で起こっているいろいろなことを使用人たちから聞くことができた。使用人たちは、親にボロ雑巾同然に扱われている未緒に同情しており、何かと世話を焼いてくれた。そのおかげで生きていられたし、世の中のことを少しは知ることができた。

「にゃん！」

明るくなったことに反応するように、クロスケが元気よく鳴いた。それまで真っ暗だったせいだろう。石油ランプの灯りが、やけに眩《まぶ》しく感じる。一瞬、目が眩《くら》んでしまった。

明るさに目が慣れてくると、この部屋の主の姿が見えた。七十センチくらいの細長い木箱のようなもので、丸いレンズが飛び出している。未緒の知っている器物が、そこにあった。

「幻灯機……さまですか？」

――さまはいらぬが、その通りだのう。ほっほっほっ。

幻灯機がしゃべった。そして、乾いた声で笑っている。やっぱり老爺のような声と話し方だ。

ちなみに幻灯機というのは、スライド映写機の原型に当たる機械のことだ。ランプを使ってガラスに描かれた画像を幕に投影する。

一般に普及したのは明治に入ってからだが、すでに江戸時代には、「影絵眼鏡」の名称で幻灯機が紹介されている。

明治二十年代には、子どもたちの日常的な遊びとして流行し、明治時代の代表的な小説家である樋口一葉《ひぐちいちよう》の小説『たけくらべ』にも描かれていた。一世を風靡《ふうび》したと言っていいだろう。

——今となっては時代遅れの我楽多《がらくた》じゃのう。

幻灯機が呟くように言った。確かに活動写真に取って代わられている。世間は活動写真に夢中だ。

まだ若い未緒が幻灯機を知っているのは、久我山邸の物置で埃《ほこり》を被っているのを見たことがあるからだ。

「にゃん」

クロスケが、幻灯機を慰めるように鳴いた。出会ったばかりのちび猫だけど、その声はいつも未緒に優しい。

◯

オサキモチの店に棲む付喪神だけあって、幻灯機は特別な力を持っていた。自己紹介のついでのように言った。

——わしは、人の子が見たいものを見せることができる。すでに起こった出来事だけじゃがな。

「浄玻璃鏡《じょうはりきょう》のようなものでしょうか？」

未緒は、閻魔《えんま》大王《だいおう》が持つという鏡の名前を口にした。人間の生前の業《わざ》をすべて映し出し、亡者を裁くと言われている。これも書物を虫干ししたときに得た知識だ。ランプを磨きながら他の使用人たちから、地獄の話を聞いたこともある。迷信を政府に禁じられようとも信心深い人間は多く、あの世のことをよく知っていた。

――そんなたいそうなものではない。裁きもせぬ。ただ人の子の過去を映し出すだけじゃ。

「過去……」

――うむ。ただし、何でも見られるわけではないぞ。見たいと思う気持ちがなければ、映し出すことはできん。

「見たいと思う気持ち……」

わかったようなわからないような話だった。浄玻璃鏡に似ているが、見る者の意思がなければ何も映らないようだ。

――百聞は一見にしかずじゃ。見せてやろう。娘、名を何と申す？

「未緒と申します。久我山未緒です」

ふたたび頭を下げた。

――そなたは礼儀正しいのう。わしのような我楽多を立ててくれる。あの生意気な白狐とは大違いじゃ。

改めて幻灯機が言った。だが最後の一言は苦々しげだった。聞かずとも、オサキのことを言っているのだと想像できた。

「にゃん」

クロスケが同意する。未緒はここに来たばかりで、それほどオサキを知っているわけではないけれど、クロスケや幻灯機が振り回されているところは想像できた。性格が悪いというより、勝手気ままな妖のように思える。オサキモチである周吉の言うことも聞いている雰囲気はない。

「にゃん」

困ったものだというようにクロスケが鳴き、幻灯機が話を仕切り直すように言った。

――見たいものを思い浮かべよ。何でもよいぞ。お未緒の見たいものを映し出してやろう。

「見たいもの……」

死んでしまった母の顔が浮かんだ。古びた写真が一枚残っているだけで、記憶も曖昧だった。

子どもを産むのは大仕事だ。育てるのに苦労もする。「お荷物」と我が子を疎《うと》んじる女性もいるという。ましてや母は未緒を産んだことで、人生が変わってしまった。美津江に辛く当たられたこともあったはずだ。

未緒を産んで、きっと後悔しただろう。自分は、母親に愛されていなかったのかもしれない。それでも、母に会いたいと思った。

妖は不思議なものだ。未緒が言葉にしなくても伝わっていたのか、何も言っていないのに幻灯機が頷くように言った。

——よかろう。

その言葉が合図だったかのように、石油ランプが消えた。誰かが触ったわけでもないのに、ふと消えた。そして、ふたたび部屋が真っ暗になった。

「にゃん……」

黒ちび猫が震えながら、未緒の足に身体をくっつけてきた。やっぱり、暗いところが苦手なのだろう。未緒は、クロスケを抱き上げた。小さくて温かくて、もふもふとしている。

「大丈夫ですから」

「にゃん」

クロスケが安心したように鳴いた。臆病なのではなく、寂しがり屋なのかもしれない。

——始めるぞ。

幻灯機は言い、カタカタと音が聞こえた。やがて明るい光が放たれた。暗闇をかき分けるように、光が発射されている。

いつの間にか、壁に暗い幕が貼られていた。光はそこにぶつかり、ゆっくりと画像になった。若い女性が映っている。

「……お母さま」

未緒は呟いた。何を思う暇もなく言葉が出てしまった。そこには、写真でしか見たことのない母が映っていた。赤ん坊を抱いていた。泣いている赤ん坊をあやしているようだった。

声が聞こえてきた。かすかに記憶に残っている母の声だった。

そんなに泣かなくても大丈夫よ。あなたは、幸せになれるわ。きっと幸せになれるから。

幻聴ではなかった。

暗い幕に映し出された母がしゃべっている。祈るようにしゃべっている。幻灯機は、そのときの声まで再生できるようだ。

「にゃん」

クロスケが小さく鳴いた。泣いている赤ん坊が未緒だとわかったのだろう。問うように、こっちを見ている。未緒は返事ができない。暗い幕の母から目を離すことができなかった。

そうしている間に、画像が変わった。数年後に飛んだようだ。頬の瘦《こ》けた母が、暗い幕に映し出された。流行り病にかかったときだろう。ぺしゃんこの煎餅布団《せんべいぶとん》に横たわっている。死ぬ直前かもしれない。

顔色がひどく悪かった。呼吸も荒い。苦しいだろうに、呟く言葉は未緒に語りかけるものばかりだった。

大人になるまで一緒にいられなくて、ごめんね。お母さんなのに、あなたを守ってあげられなくて、ごめんね。

あの世に行ったら、ちゃんと神さまにお願いするから。未緒を幸せにしてくださいってお願いするから。

幼い未緒は、そばにいない。流行り病が感染することを恐れたのだろう。遠い昔の出来事だとわかっていながら、未緒は声をかけずにはいられなかった。暗い幕に映し出された母に願った。

「わたしも連れていってください。一緒にあの世に連れていってください」

母は未緒の幸せを祈ってくれたけど、その願いは叶《かな》っていない。神さまなんていないんだと思った。

自分は幸せにはなれない。未緒にはわかっていた。涙を流しながら、あの世に行きたいと繰り返した。母と一緒に死んでしまいたかった。

母の画像が消えた後も、灯りは点《つ》かなかった。部屋は暗いままだ。未緒に気を使って、暗いままにしてくれているのかもしれない。暗闇に目が慣れたのか、部屋に入ってきたばかりのときよりは周囲が見えた。

どれくらいの間、泣いていただろう。何分か何十分か経った後、幻灯機が申し訳なさそうな声で言った。

──余計なことをしてしまったかのう。

泣かせたことを気にしているのだ。妖というのは、こんなにも優しいものなのだろうか。父や美津江と一緒にいるよりも、気持ちが落ち着く。

「にゃん」

クロスケが小さな声で鳴いた。未緒に謝っているようにも、泣いている娘を前に困っているようにも聞こえる声だった。

また、周吉のことを考えた。この着物を渡してくれたとき、指先が触れた。そのときのことを思い出すと、胸が少しだけ苦しくなった。もずやに来てからの自分はおかしい。泣いたり笑ったり落ち込んだり立ち直ったりと忙しい。

暗闇の中で幻灯機がしょんぼりしている気配があった。未緒が泣いてしまったせいで落ち込んでいる。

どうにか涙を呑《の》み込んで、優しい付喪神に言葉をかけた。

「余計なことなんかじゃないです。謝らないでください」

嘘ではなかった。悲しかったけれど、母の声は温かかった。自分を愛してくれていた。母と一緒にいられたことは幸せだった。母の子どもに生まれて幸せだった。幻灯機のおかげで、そう思えるようになった。

「ありがとうございます」

未緒はお礼を言った。もう涙は残っていなかった。

〇

――そなたの母上を見ているうちに、昔のことを思い出してしまったのう。

幻灯機が言い出した。未緒に話しかけているというより、独り言を呟いているようだった。

――まあ昔と言っても、つい最近のことじゃがな。一年前のことになるかのう。

「一年前……」

呟くように繰り返したのは、思い当たることがあったからだ。周吉が事件を起こしたのが、だいたい一年前のことだった。本所深川で大暴れをし、一帯の家を破壊したと聞いている。

このことは、ずっと気になっていた。父は、周吉を冷酷無慈悲な化け物扱いしていた。世間でも、オサキモチは恐ろしいものだと噂している。少なくとも、久我山家を訪れる人々はそうだった。

しかし、実際に周吉に会ってみると、恐ろしさの欠片《かけら》もなかった。むしろお人好《ひとよ》しで、オサキに振り回されているように見えた。小袖の手や幻灯機、他の妖たちも、周吉を怖がっていない。

噂が一人歩きするのはよくあることだけれど、聞いていた話と違いすぎる。周吉は、間違っても冷酷無慈悲な男ではない。会ったばかりでも、それくらいのことはわかる。

ただ、一年前に何かがあったのは事実みたいだった。古道具屋の看板を出してはいるが、商売をしている様子もない。周吉からは、どことなく投げやりな雰囲気が漂っていた。

――もずやは、もともと本所深川にあってのう。江戸時代に周吉の祖先が働いておった。献残屋という商売をやっておったそうだ。

幻灯機が昔話を語るように言った。オサキモチが山奥の村から流れてきたという話は、父の持っていた和綴じの本にも書かれていた。

代々、同じ名前を使っているのか、たまたまなのかはわからないが、山奥から流れてきた男の名前も「周吉」だった。オサキモチであることを隠して、商家《しょうか》の有能な手代として暮らしていたようだ。

――御一新で武士がいなくなり、献残屋はなくなったが、もともと古道具屋みたいなものだったから、変わらず商売を続けておった。

明治以降は奉公人は使っておらず、家族だけで店をやっていたという。ただ、周吉が三つのときに父親は死んでいる。流行り病にかかったのだ。死因として珍しいものではない。

——人の子はすぐに死んでしまうからのう。

幻灯機の声は寂しげだった。周吉の母親も身体が弱く、寝込みがちだったとも言った。

——母親まで死んでしまってのう。

「周吉さんのお母さまも、病気で亡くなったのですか」

スペイン風邪が大流行していた。その他にも、腸チフスや嗜眠性脳炎《しみんせいのうえん》（通称眠り病）などに脅かされていた。だが、周吉の母親の死因は病気ではないようだ。

——そうであったら、この町に来なかっただろうな。

幻灯機が答えた。思わせぶりとも言える返事だが、その声は深く沈んでいた。

「にゃん」

クロスケの鳴き声も悲しげだった。周吉と彼の母親の身に、何かが起こったのだ。

どうしようもなく悲しい何かが。

――そなたは、周吉の嫁だったな。

付喪神の誰かから聞いたのだろうか。幻灯機は、未緒が嫁入りしてきたことを知っていた。

今さら嘘だとは言えない。ここで追い出されたら、紙人形を見つけることもできなくなってしまう。

未緒は返事をしなかった。幻灯機はそんな未緒の態度を不審に思わなかったらしく、話を続けた。

――なれば、知っておいたほうがいいのかもしれぬな。

ふたたび、カタカタと音が鳴り、暗い幕に過去の出来事が映し出された。

物語は遠い昔から始まった。少し前のことなのに、遠い遠い昔の出来事のように感じる江戸のころから。

江戸の町が消えて、新時代に呑み込まれるまでの記録だった。

○

鵙屋、献残屋と書かれた看板が見える。町には木造建築が並び、道は舗装されていない。砂埃が舞っていた。髷《まげ》を結った人々が、その中を歩いている。

かつて、もずやは「鵙屋」と漢字の屋号で商売をしていた。周吉の祖先が流れて来る前から商売をしている、いわば生粋の江戸者だ。

周吉の祖先は、鵙屋に手代として雇われ、やがて一人娘と所帯を持った。オサキモチであることを隠してはいたけれど、気づいている者はいた。差別されても不思議はないところだが、気づかないふりをしてくれた。流れ者の多い土地柄ということもあっただろうし、脛《すね》に傷持つ者が珍しくなかったという事情もあっただろう。

何事もなく代を重ねていた。平穏な日々が流れていた。幸せな暮らしが、そこにあった。

けれど、明治維新により江戸幕府が倒れると、江戸の町は一変した。東京と改名され、武士は追われ、新しい住人が増えた。

本所深川にも、新政府の中心である薩摩《さつま》や長州《ちょうしゅう》の人間が多く移住してきた。古くからの住人である江戸っ子たちと反目することもあった。治安が悪かったこともあり、諍《いさか》いが絶えなかった。

それでも、鵙屋は続いた。明治維新を機会に、古道具屋に商売替えをし、屋号を「もずや」とした。奉公人はいなくなったが、大正になっても潰れることはなく、そのまま、本所深川で商売を続けていた。激動の明治時代を乗り切り、もずやとしてやっていけるかと思われた。

だが、続けることはできなかった。

米騒動と呼ばれるものがある。米価の暴騰を原因とする民衆の暴動のことだ。明治時代にも起こっているけれど、大正七年（一九一八年）に起こった騒動は、それまでとは桁が違った。警察どころか軍隊を出動させて鎮圧しなければならず、当時の内閣は崩壊した。

大衆による権力闘争と言われることもあるが、騒動に便乗して商家を襲う悪党たちもいた。やっていることは、強盗と変わりがない。

そんな連中に、もずやも狙われた。ただし、金が目当てではなかった。この機に乗じて、オサキモチを土地から追い出そうとしたのだ。オサキモチや犬神などの憑きもの筋は、東京より西の地方に多く、これを忌む気持ちや偏見が強かった。

また、もずやの周辺には、小さな店が密集していた。江戸時代から続く商人や武家上がりの商人たちが、細々と暮らしていた。

そのほとんどは、何代も続く江戸っ子だった。土地に顔も利《き》く。新しい住人にしてみれば、目障りだったのかもしれない。

「旧弊を掃除してやろう」

悪党たちは、もずやに火を付けた。オサキモチを恐れて、直接対峙《たいじ》することなく始末しようとしたのだ。

○

——昼間のことじゃったのう。夜ならば、後れを取らなかったものを。

小石川外れのもずやで、幻灯機が悔しそうに呟いた。妖のほとんどは、昼間は眠っている。仮に起きていても妖力が弱まっていることが多いという。

そのことを知ってか知らずか、悪党たちは白昼堂々と放火したのだった。暗い幕の中では、もずやが炎に包まれていた。

活動写真と違い、静止画像が一枚一枚映し出されるだけなので場面が飛んでいたり、誰だかわからなかったりもするけれど、妖の力なのか画像から音声が聞こえてくるので、おおよそのところは把握できた。

そんな中、未緒は疑問に思っていることを幻灯機に聞いてみた。

「周吉さんはいなかったんですか」

幕に映し出された画像には、彼の姿がなかった。オサキも映っていない。小袖の手をはじめとする妖たちも見当たらない。

――古道具の買い付けに出ておったんじゃ。悪党たちは、そのときを狙ったのだろうよ。オサキも一緒だったのう。運の悪いことにクロスケもついて行っておってのう。

「にゃん……」

クロスケが申し訳なさそうな顔をする。生まれたばかりの子猫に見えるが、少なくとも一歳になっているようだ。大きくならないタイプの猫なのかもしれない。

――妖が一緒に暮らしておっても、火事も防げぬのだからな。周吉には悪いことをしたのう。

「にゃん」

ふたりとも無念そうだった。幻灯機はともかく、こんな小さな黒猫が一緒にいたところで火事を防ぐことはできないだろうが、出かけていたのが無念なのだろう。人間でも、災害に遭って自分だけが助かると、罪悪感を持つことがあるという。

――店の中には、周吉の母親がおってのう。身体の調子を悪くして、布団から出られぬ状態だったのじゃ。

幻灯機の話は続いた。これ以上、話を聞くのはつらかったけれど、止めることもできなかった。

暗い幕に映し出された炎から目を離すことができなかった。

○

もずやが炎に包まれると、悪党たちは大声で笑った。

「化け物小屋なんぞ燃やしちまうのが一番だ。古くせえ江戸っ子どもも、一緒に燃えちまえばいいいさ」

「違《ちげ》えねえや。いい気味だ」

「これでさっぱりするぜ。江戸のゴミ掃除をしてやったな」

「江戸自体がゴミみてえなものだけどな」

周吉や古くからの住人を完全にバカにしている。ひとしきり笑ってから、頭目格らしき男が言った。

「そろそろ引き揚げようや。おれたちまで燃えちまったら話にならねえ」

賛成の声があがった。

「おう。炭になるのは、化け物どもだけで十分だ」

「酒でも呑みに行こうぜ」

「そいつはいいな」

そして去って行った。よく聞けば声は震えているし、立ち去って行く足取りは逃げるようだった。留守を狙って火を付けたのだから、周吉が帰ってくるのを恐れたのかもしれない。

もずやのある一帯は、古くからの木造建築が多い。半鐘が鳴り、消防ポンプ自動車が出動する騒ぎになったが、建物が密集していることもあって自動車が入ることができず、消火活動は進まないようだった。

自分の住居が火事になるとは、なかなか思わないものだ。周吉も最初は気づかなかった。そんな心配さえしていなかった。

けれど半鐘の音は響くし、火事は遠くからでも見える。古道具の買い付けに、大川沿いにある旧武家屋敷まで行っていた周吉の知るところとなった。

燃えている正確な場所がわかったのは、オサキが教えてくれたからだ。

——周吉、もずやが燃えているねえ。

その言葉を聞いた瞬間、周吉の顔色が変わった。血の気が引いているのに、鬼気迫る表情になった。

「お母さんっ！」

大声で叫び、走り出した。疾風のように速かった。

○

オサキモチは不思議な力を持っている。この足の速さも、その一つだ。「韋駄天走《いだてんばし》り」と呼ばれている。

韋駄天は伽藍《がらん》を守る神であり、仏舎利《ぶつしゃり》を奪って逃げる捷疾鬼《しょうしつき》を追って捕らえたと言われている。周吉は韋駄天のように走ることができた。

あっという間に、もずやに辿《たど》り着いた。大火事になりかけていた。家屋だけでなく、周囲の雑木林まで燃えている。母を救うにせよ、火を消してからでなければ身動きが取れない。

周吉の母は、ただの人間だ。オサキモチの家に嫁いだというのに、妖を見ることさえできなかった。特別な能力もなく、生まれつき身体も弱い。この炎と煙に巻かれたままでいては、まず助からないだろう。

「どうしたら……」

焦る周吉の懐から、オサキが飛び出した。そして宙に浮かんだまま、邪悪な声で笑った。

――おいらたちに任せるといいねえ。ケケケッ。

その声が合図だったのだろう。眠っていたもずやの妖たちが、オサキの背後に浮かび上がった。昼間で妖力を出し切れないせいか、姿を保つことができず、影のように見えるものが多かった。

だが、棲み家であるもずやを燃やされて殺気立っていた。止められなかったおのれへの怒りもあるのだろう。

――ふざけた真似をしおって。許せぬ。

――上等よ。妖に喧嘩《けんか》を売ると、どうなるか教えてあげるわ。

――もずやに火を付けた人間どもを八つ裂きにしようぞ。

――食ろうてやるわ。

今にも悪党たちを追いかけて行きそうだった。それを止めたのは、宙に浮かんでいるオサキだった。

――あんなの食べても美味《おい》しくないねえ。おいら、あんぱんのほうがいいねえ。ケケケッ。

燃え盛る炎を前にして笑っている。

一年前の出来事だとわかっていても、未緒の全身に力が入った。両手を握り締めるようにしていると、暗い幕に四十歳前くらいの女性が映し出された。周吉の母親の鵙谷明子《あきこ》だ。

明子は、儚《はかな》い雰囲気の美しい女性だった。眠っているらしく、火事に気づいていない。

妖の姿を見ることができないにもかかわらず、人外のものたちに好かれていた、とも幻灯機は言った。

「にゃん!」

眠り続ける明子を映したまま、猫の鳴き声が画像の中から聞こえた。クロスケの声みたいだ。空高く響いていくような鳴き声だった。

次の瞬間、唐突に画像が変わり、地面に雷が落ちるところが映し出された。びりりっと大きな音が響いた。過去の出来事のはずなのに、もずやの床が揺れた。空には、鈍色《にびいろ》の雨雲が広がっている。そして雨が降り始めた。

だが、火は消えなかった。雨のおかげで火勢がいくらか弱まりはしたが、周囲の家屋に延焼し始めている。

――おいらの出番だねえ。ケケケッ。

オサキの高笑いが聞こえた。次に映し出されたのは、オサキが鉄砲玉のように周囲の家屋に突っ込むところだった。

他の妖たちも、オサキを追いかけるように家屋に突進していく。その周囲で桜の花びらが吹雪のように舞っていた。桜の妖が仲間にいるのかもしれない。

立ち並ぶ家々が、次から次へと破壊されていく。暴れているようにしか見えないけれど、火事のときに周囲の建物を壊すのは「破壊消火」とも呼ばれるもので、ごく一般的な方法だ。延焼を防ぐことができる。

やがて雨脚《あまあし》が強くなり、ようやく火が消えた。大火事にならずに済んだが、もずやの大半は燃えていた。

画像が変わった。どれくらい時間が経過したのかわからないが、雨がやんでいる。静まり返った景色の中から、周吉の声が聞こえてきた。

「お母さん……」

囁くような声だった。悲しげに掠れている。炎と煙に巻かれて、周吉の母は死んでいた。

○

——人の子というものは、本当に恐ろしいものでな。

幻灯機は、悲しい過去を映し出すことを終わりにし、暗闇の中で呟くように話し始めた。

——お明《あき》を殺しただけでは飽き足らず、悪い噂を流しおった。

「悪い噂？」

——周吉が火事を起こしたという噂を流したのじゃよ。

未緒は絶句した。人は残酷な生き物だ。平気で他人を傷つけ、踏みにじるような真似をする。そうわかってはいたけれど、そこまでやるとは想像していなかった。

——オサキモチが暴れたことになったんじゃ。妖を使って火事を起こし、気に入らぬ家を破壊したとな。

「そんなの、嘘です」

思わず言った。オサキたちが家を壊したのは事実だけれど、それは延焼を防ぐためだ。

——わかっておる。

幻灯機の声は悲しいほど優しかった。未緒を傷つけまいとしているのだろう。穏やかな声で言った。

――けれど嘘も信じれば、真《まこと》になるのじゃ。

人は、信じたいものだけを信じる。叩きたい相手だけを叩く。明らかなデマであろうと、それを信じる者は多い。そんな人々にとっては、何が真実かなど、どうでもいいのかもしれない。

――明治維新以降に来た連中はもちろんじゃが、古くから本所深川に住んでいる人間の中にも、デマを信じる者は少なくなかったのう。

もずやと親しく付き合っていた近隣の住人の中にも、その噂を信じた者がいたという。火事の後、周吉はしばらく借家暮らしをしていたが、たくさんの嫌な目に遭ったようだ。

――家を壊された人間は、特にそうじゃった。デマを信じて、周吉に嫌がらせをしおった。

火事で家を失った恨みを周吉にぶつけようとしたのかもしれない。石を投げつけられたこともあるという。

周吉は母を失い、親しいと思っていた人間にも疑われ、心が壊れる寸前だっただろう。

――本所深川にいられなくなった。いや、いたくなかったんじゃな。

こうして、小石川の外れに引っ越してきた。別の町ではあったが、本所深川から小石川まではそれほど遠くない。水天宮《すいてんぐう》の前を通れば、歩いても二時間くらいで着く距離だ。

ただ、もずやの看板を掲げているが、母の死や先祖代々暮らしていた土地を追われた傷は癒えていない。小石川にやって来てから、商売らしきことをしていなかった。客が来ても、適当に追い返してしまう。

先祖代々の蓄えがあるようだが、働かずに暮らせるほどではない。それでも周吉は商売を再開しようとしなかった。

あるいは、どこか遠くに行ってしまおうと思っているのかもしれない。人間の暮らしを捨ててしまえば、蓄えはいらない。オサキモチなら人里離れた山奥で暮らすこともできるだろう。

――わしは、周吉を励ますこともできない。どうしようもない役立たずじゃ。

「にゃん……」

幻灯機が呟き、クロスケが鳴いた。どちらの声も悲しげだった。未緒の頬には、涙がこぼれていた。

○

もう、もずやにはいられない。周吉を裏切ることはできない。紙人形を盗みたくない。これ以上、彼を騙したくなかった。

未緒はもずやから出て行くことにした。幻灯機の部屋を後にし、そのまま店の外に出た。眩しいほどの冬晴れの空が広がっていた。

「にゃん」

クロスケが追いかけてきた。未緒を見ている。出会ったばかりなのに離れがたかった。けれど、一緒に連れて行くわけにはいかない。

「来ては駄目ですよ」

諭《さと》すように言っても、クロスケはついてくる。未緒は立ち止まり、しゃがみ込んで黒ぶち猫に言い聞かせた。

「周吉さんと一緒にいてあげてください」

クロスケがいなくなったら、周吉が悲しむと思ったのだ。周吉は母親を失い、生まれ育った町を追われた。傷ついているに決まっている。これ以上、彼を悲しませたくなかった。

「にゃん」

首を傾げるようにして鳴いた。もずやに一緒に帰ろうと言われた気がした。それは、未緒の願望だったのかもしれない。

家に帰りたくなかった。帰ったところで辛い毎日が待っているだけだ。けれど、親同士で結婚の約束を交わしたのも、きっと嘘なのだろうから、もずやにいる権利は自分にはない。

ふと気づき、クロスケに言付けを頼んだ。

「着物を借りますね」

小桜文様《もんよう》の着物を纏《まと》ったままだった。白無垢でやって来たのだから、他に着る物を持っていなかった。

このまま着て帰ったら泥棒になってしまう。自分は泥棒猫の娘だけど、周吉のものを盗むような真似はしない。

「必ず返しますから」

念を押すように言った、そのときのことだった。クロスケの背中のほうから影が伸びてきた。そして、ふたつの声が聞こえた。

「着物は気にしなくていい」

——おいらのものじゃないしねえ。

視線を上げると、周吉が立っていた。黒いトンビの隙間から、ちょこんとオサキが顔を出している。

未緒は驚いた。長い時間、幻灯機の映し出す画像を見ていたのは事実だけれど、帰ってくるのが早すぎる。

——お未緒のお家に行って来たよ。文忠さんとも話したねえ。嫌な人だったよ。ケケケッ。

実際に話したのは周吉だろうが、とにかく久我山邸まで往復してきたようだ。周吉は、未緒の知らない力を持っているのかもしれない。

(嫁入りなんて言わないで、正直に相談すればよかった)

そう思ったが、あとの祭りだ。もう騙してしまった。嘘をついてしまった。世の中には取り返しのつかないことがある。

知らなかったこととはいえ、死んだ周吉の母親を利用したのは最悪だ。文忠は、他人の痛みに鈍すぎる。自分勝手すぎる。

「……わたし、実家に帰ります」

他に言葉が見つからなかった。

未緒がそう言うことを予想していたのかもしれない。周吉は驚かなかった。穏やかな声で返事をした。

「そっか」

だが頷いただけではなかった。周吉の手が動き、どこからともなく紙人形を取り出した。複雑な細工がしてある工芸品のような紙人形だった。

「これは……」

思わず声が出た。見た瞬間に、憑きもの落としの式王子だとわかった。遠い昔からあるはずなのに、まったく汚れていない。真っ白だった。穢《けが》れのない清浄な空気を纏っていたように感じた。

「これを持っていくといいよ」

「えっ……」

「必要なんだよね」

返事ができなかった。周吉は知っていたのだ。未緒が紙人形を盗みに来たと気づいていたのだ。

――文忠さんに使えるかねえ。

オサキが意味ありげに言うと、周吉が穏やかな声で応じた。

「大丈夫だよ。蔵の扉に貼っておけば、封印の効果くらいはあるから」

最後の一言は、未緒に向けたものだった。使い方を教えてくれた。あの蔵のことも承知しているようだった。久我山邸に足を運び、蔵の危うさに気づいたのだ。

○

陰陽師の家系といっても、才のない者も生まれてくる。文忠には、陰陽師としての素質がなかった。妖力も霊感もゼロに等しい。手品師のように、門や扉を開けたり閉めたりしてみせるのが精々だ。

跡継ぎである清孝も、その文忠の血を濃く受け継いでいる。妖がすぐ近くにいても、何も感じない。

皮肉なことに、陰陽師としての才を受け継いでいたのは、未緒一人だった。妖や幽霊を見ることができた。死者の念のようなものを感じ取ることもできる。苦労をしている分だけ聡《さと》くもあった。

　父はそんな未緒の異能に気づいているようだが、気づかないふりをしていた。女中の娘より劣っている、と認めたくないのかもしれない。一方、美津江はまるで気づいていなかった。陰陽師が何なのかもわかっていないようだ。

　そんなふうだから、怪事の相談をされても解決は難しい。だが、旧家の依頼を断ることはできない。断れない筋を頼って、久我山家にやって来るのだ。また、仕事を断るほどの余裕もなかった。

「預かっておきましょう」

〝物〟が持ち込まれるたび、父はそう言った。依頼人としては、厄介払いできればいいのだから、喜んで〝物〟を文忠に預けた。預かるというのは言葉の綾《あや》にすぎず、引き取りには来ない。久我山家に捨てていくのだ。

　才のない父にはどうすることもできない。燃やそうとしたこともあるようだが、火を付けることさえできなかった。遠くに捨てても、海に沈めても、山に埋めても、〝物〟は戻ってきた。久我山家に帰ってくることもあれば、依頼人の家に戻ることもあった。

　こうなってしまうと、捨てることもできない。依頼人の家に戻られては、話が違うと抗議される。何度も重なれば、才のない陰陽師だとバレてしまう。

「仕方あるまい」

父はそう呟き、〝物〟を蔵に放り込む。その蔵は、文忠の父――祖父が作ったものだ。文忠と違い、祖父は陰陽師の才に恵まれていた。

未緒が生まれるずっと前に祖父は他界していたが、このことは、一昨年《おととし》まで久我山家で働いていた老女中のタキが話してくれた。

「それはもう立派なお方でした」

祖父を尊敬していたようだ。文忠とは違う、と言外に滲《にじ》ませていた。文忠も美津江も、使用人たちに好かれていない。

タキはまた、虐げられている未緒を憐れんで、いろいろなことを教えてくれた。文字を教えてくれたのも、彼女だった。タキがいなかったら、未緒の暮らしはもっと辛いものになっていただろう。

彼女のことを思い出すと、優しい気持ちになる。タキは歌が好きで、その歌声は今も記憶に残っている。

流行歌もよく口ずさんでいた。例えば、大正四年（一九一五年）に上映された『ボッカチオ』の作中で歌われた『恋はやさし野辺の花よ』だ。

未緒も、その歌が大好きだった。タキの声は優しく、死んでしまった母が歌っているように聞こえた。だから、勝手に母の歌だと思っていた。歌ってくれとせがむと、タキは歌詞を教えてくれた。一緒に歌ったこともある。

それから、未緒が会ったこともない祖父のことも話してくれた。それは、久我山家の抱える問題だった。

「手に負えぬ〝物〟があったら蔵に放り込んでおけ」

問題の先送りを命じたのだった。祖父としては、いずれ自分の才を受け継ぐ子どもが生まれてくると思ったのかもしれない。

ちなみにこのとき、祖父は死病に取り憑かれていた。病床で父に言い聞かせたという。何度も何度も繰り返したようだ。

「ただし、すべてを蔵に入れてはならぬ。どうしても手に負えない〝物〟だけを封印しておけ」

一流の陰陽師だった祖父であるが、我が子可愛さのあまり目が曇っていたか、すでに老いぼれていたのか、意味のないことを言ったものだ。文忠の手に負える〝物〟など一つもないのだから。

久我山家に持ち込まれた〝物〟のほとんどに妖が憑いていた。長い歳月に晒《さら》されて、付喪神となっていることもあった。

文忠は、そのすべてを蔵に封印した。封印と言えば聞こえがいいが、やっぱり問題を先送りにしているだけだ。

しかも、次から次へと〝物〟を放り込むせいで、蔵は破裂寸前だった。禍々《まがまが》しい妖気があふれていた。才のない文忠にすらわかるほどに。

「蔵を何とかしなければ、この家は破滅する。おれの代までは誤魔化せても、清孝の代までは保《も》たん。時間の問題だ」

未緒に言い、それから自嘲するように続けた。

「清孝《あれ》もおれと同じだ。陰陽師の才はない」

返事ができなかった。まさか文忠が認めるとは思わなかった。父子二代に亘《わた》って力がないと言うとは思わなかった。しかも、未緒の力にも気づいていた。

この家が破滅寸前にあるのは事実だった。そう遠くない未来に、〝物〟は蔵を破るだろう。妖が世に放たれる。陰陽師家の面目は潰れる。

いや、それ以前の問題だ。蔵の妖どもは、自分たちを閉じ込めた一族を皆殺しにするかもしれない。

陰陽師家の面目など、未緒にはどうでもいい。文忠や美津江が、妖に食われようと構わない。だが、清孝のことは心配だった。自分を姉と慕ってくれる弟を見捨てることはできない。

清孝にも陰陽師の才はない。文忠以上に力がなかった。蔵から染み出てくるような禍々しい妖気にも気づいていない。

○

――文忠さんには渡さないで、お未緒がやったほうがいいかもしれないねえ。

オサキまでが真面目な顔でアドバイスをくれた。心配してくれているのだとわかった。

ありがたかった。だからこそ断るべきだと思った。嘘をついて周吉を騙そうとした自分に、紙人形を受け取る資格はないのだから。

だが、憑きもの落としの式王子を持ち帰らなければ、久我山家は終わりだ。蔵が破られれば、何もかもが白日に晒される。〝物〟に殺されなかったとしても、清孝の将来は閉ざされてしまう。秘密が暴かれれば、陰陽師として生きていくことはできない。世間から爪弾《つまはじ》きにされる。

「……お借りします」

未緒は、憑きもの落としの式王子を受け取った。何の変哲もない紙人形としか思えなかったが、これがあれば、清孝を救うことができる。これからも〝物〟を蔵に閉じ込めておける。自然と頭《こうべ》が下がった。

「ありがとうございます」

周吉が返事をする前に、オサキが口を出した。

――その代わり、あんぱんを買ってきておくれよ。油揚げでもいいけど、升屋《ますや》さんはなくなっちまったからねえ。

周吉のトンビに入ったまま、オサキは嘆いている。升屋というのは、店の屋号みたいだ。オサキはその升屋がなくなって落ち込んでいるようだ。

――これからも、きっと、いろんなものがなくなっちまうねえ。

○

紙人形を懐に入れて、未緒は久我山家に帰ることになった。周吉が人力車を呼んでくれたので、思ったよりも早く着くことができそうだ。

それでも太陽は沈みかけている。屋敷町は、黄昏《たそがれ》時の薄闇に包まれていた。いつも以上に人通りがなかった。人力車の進む音だけが、静かな町に響いている。

久我山邸が見える手前で、車夫に声をかけた。

「ここで下ろしてください」

「へえ」

しゃがれた声が返事をした。老人にも見える白髪頭の男が、人力車を止めた。代金は、すでに周吉が払ってくれていた。

(何から何まで世話になってしまった)

丸一日もいなかったのに、もずやのことばかりを考えてしまう。幻灯機はどうしているだろうか。クロスケは何をしているだろう。オサキは、未緒があんぱんを買って来るのを待っているのだろうか。

「お気をつけなさって」

車夫が呟くように言った。年齢や凜《りん》とした立ち姿からして、かつて侍だったのかもしれない。幕府が倒れた後、人力車を引いて暮らしを立てる元武家は多いという。

「ありがとうございます」

「では、これで」

人力車が行ってしまうのを見送ってから、久我山邸に向かって歩き始めた。紙人形を手に入れて帰ってきたというのに、未緒の足は重かった。

だが、ぐずぐずしていられたのも、ここまでだった。久我山邸の門に入ろうとしたとき、叫び声が聞こえた。

「清孝さんっ！」

「ま……待てっ！　蔵に近づくなっ！」

美津江と父の声だった。悲鳴のようにも聞こえる。体裁を気にする二人が、屋敷の外まで聞こえるような声を上げていた。

未緒は慌てた。清孝。蔵。この言葉だけで、何が起こっているか想像することができる。

「清孝っ！」

叫ぶように弟の名を呼び、未緒は走り出した。

◯

「心配しなくても大丈夫だよ」

数時間前、家の外の通りでオサキモチに言われた。清孝は、平安時代から続く陰陽師の名家・久我山家の跡取りだ。

幼いながらに陰陽師の勉強をしているし、尋常小学校にもちゃんと行っている。簡単な書物なら読めるし、両親から家業の話も聞いている。

だから、オサキモチのことも知っている。恐ろしい魔物を操り火事を起こし、町を破壊したという話も聞いていた。

巷《ちまた》には、オサキモチの人相書きさえ出回っていて、凶状持ちと変わりのない扱いを受けていた。

オサキを退治してください、と父に頼んだこともあった。化け物を退治するのは陰陽師の仕事だ。

そのつもりだ、と父は答えた。オサキとオサキモチを滅してくれると約束をした。

しかし、いつまで経っても動かなかった。

そんなとき、オサキモチが家にやって来た。清孝は、物陰から父とオサキモチの話を聞いていた。

最初から立ち聞きするつもりだったわけではなかった。書物を借りようと、父の部屋に行ったらいなかった。それで姿をさがして庭に出たところ、父の声が聞こえてきたのだった。

「結婚のことならば、おまえの親と決めたことだ。約束は守った。あの娘は、おまえにやる」

姉のことを言っているのだとわかった。嫁に行ったことは知っていたが、相手までは聞いていなかった。

(オサキモチが結婚相手……?)

自分の耳を疑った。父も母も姉には冷たいけれど、化け物の嫁にするわけはないと思っていた。

けれど、聞き間違いではなかった。

「……ありがたく結婚するがいい。未緒は、煮るなり焼くなり好きにしろ。きさまにくれてやる」

清孝は唇を固く結んだ。

父は、姉をオサキモチに差し出そうとしている。いや、差し出したのだ。父が何を考えているのかはわからないが、見過ごしにできることではなかった。こうなったら自分がオサキモチを退治して、姉を助けなければならない。そう決心した。

やがて父との話が終わったらしく、オサキモチが帰っていった。清孝はその後を追いかけた。恐れてはならないと言い聞かせはしたけれど、やはり怖かった。それでも、どうにか話しかけた。

「……オサキモチさま」

退治すると決心したはずなのに、声が震えていた。丁寧な言葉遣いをしてしまった。話す前から圧倒されていた。

男は、清孝に気づいていたようだ。当たり前のように振り返って、こっちを見た。改めて目の当たりにするオサキモチは、優しげな顔をしていた。噂のような化け物には見えない。

「オサキモチじゃない。ちゃんと名前がある。鴫谷周吉だよ」

声も穏やかだった。清孝の言葉を訂正はしたが、怒っている様子はない。そこに怖さはなかった。だから頼むことができた。

「お姉さまを——久我山未緒を返してください」

退治するはずだったのに、頭を下げていた。未緒のことで頭に血が上ってはいたけれど、清孝は暴力が苦手だった。

「返してくださいって……」

周吉は戸惑っている。清孝に聞こえない声で何かを呟いてから、こんなふうに言ってきた。

「わかった。久我山家に帰るように言うよ」

嘘をついている口調ではなかった。化け物だと決めつけていたが、いつの間にか周吉を信用していた。

「ありがとうございます」

お礼を言って、家に帰った。姉が帰ってくることを両親に教えようと思い、居間に向かうと、父と母の会話が聞こえてきた。廊下で聞いてしまった。またしても立ち聞きしてしまったのだった。

「これで蔵は大丈夫だ。未緒が、憑きもの落としの式王子を持ってくる。紙人形があれば、蔵の中の妖を退治できる」

「あの薄汚い娘が、珍しく役に立ちましたわね。泥棒猫の娘だけあって、盗むのは得意なのかしら」

「オサキモチに殺されるかもしれんがな」

「そうしてもらえれば、いい厄介払いになりますわ」

ここまで聞いてやっとわかった。ただの嫁入りではなかった。両親は、姉に盗みを働かせようとしているのだ。

父の書斎にある書物を見たことがあるので、憑きもの落としの式王子のことも知っていた。妖退治の紙人形だ。

「……恥ずかしい話だ」

呻《うめ》くように呟いた。大声を出したわけではないが、声を潜めもしなかった。八歳でも——いや、八歳だからこそ大人の汚さが許せなかった。父と母を醜いと思った。どうしようもなく穢らわしい。

呟いた声が、両親の耳に届いたのだろう。二人の会話がやみ、何秒間かの沈黙が流れた後、部屋の襖が開いた。

「清孝……」

「ち、違うのよ」

父は呆然《ぼうぜん》とし、母は早くも言い訳をしようとしている。みっともない姿だった。子は親に従うものだけれど、従えないこともある。両親の会話を聞かなかったことにはできなかった。

「何が違うのですか。泥棒を命じるなんて、恥ずかしいと思わないのですか」

久我山家の跡取りとして言った。だが、返事を待つつもりはない。清孝は、両親に背を向けて走り出した。家の外にある蔵に向かった。

「どこに行くつもりだ⁉」

「待ちなさいっ」

父と母が追いかけて来る足音が聞こえるが、二人とも足は速くない。清孝に追いつくことはできないだろう。

「蔵の中の妖とやらは、わたしが退治します」

振り返りもせず、清孝は宣言した。退治すべきはオサキモチではない。今さらわかった。

「近づくな！　蔵に近づいてはならん！」

「や、やめなさい！　そっちに行っては駄目！」

両親のうろたえた声が響いた。だが、言うことを聞くつもりはなかった。あんな話を聞いてしまった以上、親には従えない。久我山家の長男として正しい行いをするのだ。

(蔵の中を片付ければいい)

散らかした部屋を片付けるようなものだ、と清孝は考えていた。憑きもの落としの式王子などなくても、どうにかしてみせると。

蔵の前に辿り着いた。両親はまだ追いつかない。ただ蔵には鍵《かぎ》がかかっていて、その鍵は父が管理している。清孝では、開けることはできない。けれど、立ち止まらなかった。蔵の扉に向かって言葉を叩きつけた。

「開けっ!!」

術でも何でもない。大声を出しただけだ。こんなことで開くはずがないのに、扉が開いた。完全に開いたわけではないが、子どもがやっと通れるくらいの隙間ができていた。

「清孝っ!」

「待ちなさいっ! お願いだから、待って……」

父と母が追いかけて来る。躊躇っている暇はなかった。清孝は吸い込まれるように、蔵に入った。

だがそれは、自分で入ったのではなく、見えない何かに引っ張り込まれたような気がした。

清孝を呑み込むと、ゆっくりと蔵の扉が閉まった。がちゃんと鍵のかかる音が、大きく響いた。

○

未緒が帰ってきたことに、文忠も美津江も気づいていなかった。蔵の前で大騒ぎしている。

「清孝っ！　清孝っ！　開けてっ！　あなた、これを開けてっ！　早く開けてっ！」

美津江がひび割れた声で叫び、父が蔵に鍵を差し込んだ。

「待っていろ！　すぐに助けてやる！」

しかし、鍵は回らなかった。鍵穴に入れた瞬間、ポキンと折れてしまった。硬い真鍮でできているはずの鍵が、マッチ棒のように簡単に折れた。

「……何が起こっている」

父の顔から血の気が引いた。蔵の扉を開けることができなくなったのを見て、美津江が泣き崩れた。

「清孝……。ど、どうして……」

蔵の扉の向こうは静まり返っている。大声を上げながら駆け込んでいったはずの清孝の気配が消えていた。

もはや、一刻の猶予もない。清孝が呪い殺されてしまう。未緒は父に声をかけた。

「紙人形を持って参りました！」

憑きもの落としの式王子を突き出した。文忠は、ようやく未緒が帰ってきたことに気づいたようだ。

「寄こせっ！」

紙人形を引ったくった。礼の一つも言わなかった。憑きもの落としの式王子を見ながら唇を歪《ゆが》めて笑う。

「これがあれば、清孝を助け出せる」

「本当？」

泣き崩れていた美津江が顔を上げ、文忠にすがるように聞いた。希望の光が目に宿っている。

「ああ、本当だとも。太夫がオサキモチに教えたという法文もおぼえている。紙人形ごとき操るのは簡単だ」

憑きもの落としの式王子を手に入れたからだろう。さっきまでの血の気の失せた顔が嘘のような、傲慢な口調だった。唇を歪めるようにして笑っている。その様子を見て、未緒は慌てた。

——文忠さんに使えるかねえ。

オサキの言葉を思い出した。周吉もそう思ったらしく、未緒に紙人形の使い方を教えてくれた。法文を唱えて操るのではなく、蔵の扉に貼れと言われた。

だが、口を挟む暇はなかった。文忠が法文を唱え始めた。

式王子　是日本・唐土・天竺　三ヶ朝　潮境に　雪津島・寺子島　みゆき弁才王と
て　王こそひとり　育ち上がらせ給ふた　弁才王の妃……

そして、紙人形を天空高く放り投げた。鳥のように飛んでいき、憑きもの落としの式王子がひらひらと動き始めた。

複雑な紙細工の人形が、空中でひらひらと回転しながら舞っている。紙の人形が法文を吸収するように天空で舞っている。

優雅に踊っているようにも見えるけれど、憑きもの落としの式王子からは強い力を感じる。一秒ごとに空気が張り詰めていく。オサキや周吉の予想と違い、文忠は紙人形を使えたのだろうか。

法文を唱え終えると、父は憑きもの落としの式王子に命じた。

「行けっ！　蔵の中を掃除するがいいっ！」

だが、そこまでだった。父では紙人形を使いこなせなかった。紙人形がポトリと地面に落ちた。もう、力は感じなかった。張り詰めていた空気も消えている。

「くそっ」

父が罵った。顔が真っ赤になった。自分に能力がないことを棚に上げて、紙人形に腹を立てたようだ。

「ふざけおって……。この役立たずがっ！」

地面に落ちた紙人形を踏みつけようとした。その瞬間、憑きもの落としの式王子が舞い上がった。

「うわっ！」

悲鳴を上げて逃げようとするが、間に合わなかった。紙人形が舞い上がった拍子に小さな竜巻が起こり、文忠の身体が巻き込まれた。枯れ葉のように吹き上げられ、やがて地面に叩きつけられた。

「ぐ……」

断末魔のような声を上げて動かなくなった。死んではいないようだが、気を失っている。

「あ……あなた……」

美津江が膝を落とし、呆《ほう》けたように座り込んだ。こちらも気を失う寸前だった。もはや蔵の扉を叩く気力もないようだ。

紙人形は、どこかに行ってしまった。清孝を助けられるのは、もう未緒しかいない。けれど、できることはなかった。妖を見ることができるくらいで、何の力も持っていないのだから。

未緒は蔵に歩み寄り、扉の向こうに言った。人間ではない何かに頼んだ。

「お願いです……。弟を返してください。清孝を外に出してください」

太陽がまた少し沈み、真っ暗な夜に近づいた。ふいに寒さを感じた。気温が下がり始めている。吐く息が白い。また、雪が降るのかもしれない。蔵の中は、もっと寒いだろう。清孝の身体が心配だった。

「蔵の妖さま、お願いします」

未緒は繰り返し頼んだ。頼むことしかできない。返事がないまま、何分か何十分かが過ぎた。蔵の中にいるはずの清孝の声は聞こえない。

このまま夜になってしまうのかと思ったとき、人間ではない何かが言葉を発した。

――その身を捧げよ。

くぐもってはいるが、威厳のある声だった。命令することに慣れた若い男の声のようにも聞こえた。

「身を捧げる……」

呟き返しはしたものの、心のどこかで考えていたことだった。蔵の中から、ふたたび声が言ってくる。

――この小僧を助けたくば、蔵に入って来るがよい。さすれば、おまえの願いを叶えてやろう。

清孝の身代わりになれ、と言っているのだ。「贄」という言葉が思い浮かんだ。蔵の妖たちは、おそらく未緒を食らおうとしている。蔵に入れば、きっと、この命はなくなってしまう。

けれど躊躇わなかった。考える必要さえないことだ。この世に未練などない。未緒は返事をした。

「わかりました」

すると、蔵の扉が開いた。未緒が通れるだけの隙間ができた。そして、吐き出すように清孝が外に放り出された。糸の切れた操り人形のように地面に横たわった。清孝は動かなかった。

――死んではおらぬ。気を失っているだけだ。

蔵の妖が言った。本当だった。清孝に視線を向けると、胸が上下に動いている。呼吸している証拠だ。「清孝さんっ、清孝さんっ」と叫びながら、美津江が這うように弟に寄っていく。父はまだ気を失ったままだった。

――おまえの番だ。よもや逃げようとは考えておるまいな。

釘《くぎ》を刺すように言われたが、そのつもりはなかった。太陽が沈んでいくたびに、蔵の妖の力が強くなっているのを感じていた。もはや鍵も意味をなしていない。蔵に閉じ込めておける時期は、とっくに終わっていたのだ。

自分は逃げ切れたとしても、気を失っている清孝は捕まってしまう。そして、今度こそ殺されるだろう。未緒が蔵に入る前に弟を解放したのは、それくらいのことは簡単にできるからだ。約束を破れば、妖は容赦しない。約束を破るつもりなどなかったけれど。

「失礼いたします」

未緒は、蔵の中に入った。暗さに目が慣れていないので、何も見えなかった。外よりもひんやりとしている。天井近くに小さな窓があるはずだが、沈みかけた太陽の光は入ってこない。

背中で音もなく蔵の扉が閉まり、いっそう暗くなった。真っ黒に塗り潰したような暗闇が広がっている。どこに何があるのかもわからなかった。

蔵に入ったはいいが、動くこともできない。立ち尽くしていると、蔵の外で聞いた声が響いた。

――娘、よく入ってきた。予《よ》は、おまえを歓迎する。

王が、下々の民に話しかけるような口調だ。歓迎すると言いながら、その声には、何の感情もこもっていない。同じ妖でも、オサキや幻灯機、小袖の手とは何かが違っていた。

――灯りをつけてやれ。

声が命じると、男とも女ともつかない声が応じた。

――御意《ぎょい》。

そして、ほんのりとした光が灯った。それは、雪洞《ぼんぼり》だった。小さな雪洞が闇の中に浮かび上がった。同時に、蔵の中の景色が目に飛び込んできた。

「あなたたちは」

ようやく声の主がわかった。七段の雛壇《ひなだん》が置かれ、人形がずらりと並んでいる。雛壇の一番上から、男雛《おびな》が――束帯《そくたい》を纏い、冠《かんむり》を被った高貴な顔立ちの人形がこっちを見ている。

雛人形の妖。

それが、蔵の妖の正体だった。未緒に話しかけてきていたのは、男雛だった。

○

古びてはいるけれど、立派な雛飾りだった。下のほうの段に嫁入り道具が置かれ、上から数えて四段目に随身《ずいじん》、三段目に五人囃子《ばやし》、二段目に三人官女が並んでいる。

未緒は、今まで自分の雛飾りを持ったことがなかった。だから立派に見えただけで、世間的にはありふれているものなのかもしれないが、こんな状況なのに見とれてしまった。雛飾りを欲しいと思っていたころもあった。今ではその気持ちさえ懐かしい。

（あれ？）

思わず首を傾げた。女雛《めびな》が見当たらなかったのだ。一段目に座っているのは、先刻から声をかけてくる男雛だけだった。雛飾りには詳しくないが、男雛と女雛は対になっているものではないのだろうか。

――娘。そのほうの血をもらう。

男雛に言われた。恐ろしい言葉だった。悲鳴を上げそうになったが、未緒は唇を噛んでこらえた。

清孝を助けてもらうために、妖に身を捧げたのだ。食われることは覚悟していた。生き血を啜《すす》られるのも意外ではない。男雛の言葉は続いた。

――もう半時（一時間）もすれば日が沈む。それまで控えておるがよい。苦しゅうない。楽にしておれ。

日が沈むまで未緒を殺すつもりはない、ということだ。相変わらず声に感情がないが、男雛は凶暴ではないようだ。雛人形の妖だからだろうか。乱暴な印象はない。

蔵の中には、雛人形の他にも妖がいる気配があるが、話に割り込んでくるものはなかった。男雛の統率下にあるようだ。未緒が逃げようとした瞬間、一斉に襲いかかってくる場面が容易に想像できた。

妖の贄になるのは怖かったが、ほっとしてもいた。そう。ほっとしていた。人間の世は生きにくい。ずっと辛かった。苦しかった。母がいなくなった後、自分には居場所がなかった。

死んでしまえば、この辛さや苦しみから逃れることができる。久我山の家から出て行くことができる。泥棒猫、と母を悪く言われずに済む。

（もうすぐ母のところに行けるんだ）

そんなふうにも思った。死ぬことが幸せに思えた。母の遺体は、町外れの無縁塚に葬られている。未緒も久我山家の墓には入れてもらえないだろうから、同じところに捨てられるはずだ。

それで十分だった。この世に未練はないと断じかけたとき、ふいに周吉の顔が浮かんだ。オサキの声がよみがえる。

――周吉、お嫁さんが来てくれたよ。よかったねえ。ケケケッ。

適当に言っただけだろうが、自分を受け入れてくれたみたいで嬉しかった。周吉も未緒に優しかった。本当の嫁入りだったら、どんなによかったことだろう。

だが、すべては終わってしまったことだ。二度と周吉やオサキと会うことはない。

日没までの残りの時間を穏やかに過ごすことだけが望みだった。

ふと思いつくことがあり、男雛に話しかけた。

「お願いがあります」

――願い？　予に言っておるのか？　申してみよ。

鷹揚《おうよう》に言葉を返してきた。ちゃんと未緒の話を聞いてくれる。その物腰は高貴で、生き血を啜る妖とは思えない。

「歌を歌ってもいいでしょうか」

思い切って問うと、沈黙があった。その沈黙は長かった。男雛の表情は変わることがないが、戸惑っているように感じた。

未緒も口を閉じていた。すると、返事があった。

——好きにしてよい。

怒らせてしまったのかもしれない。だが、許可は得られた。

「ありがとうございます」

未緒はお礼を言った。男雛は返事をしなかった。だけど、許可を撤回もしない。だから歌った。何を歌うのかは決まっていた。知っている曲は一つしかない。タキが教えてくれた『恋はやさし野辺の花よ』だ。

この世の別れに、優しい歌を——死んでしまった母を思い出させる歌を歌った。

第三章　桜の花びらと黒猫と老剣士

　未緒のいなくなったもずやで、周吉はぼんやりと窓の外を眺めていた。久我山邸から帰ってきたときのままの格好で、トンビを脱いでさえいなかった。窓の外では、ゆっくりと日が沈んでいく。夜が始まろうとしていた。

　だが町中には電灯が並び、闇を追い出そうとしている。昔ながらの古びた住宅街にさえ、ガス灯がぽつりぽつりと設置され始めていた。電気の通っている家が当たり前の時代が訪れようとしていた。

　いずれ夜がなくなり、妖の居場所もなくなるだろう。オサキモチである自分も同じだ。

　周吉は妖ではないけれど、人間の仲間には入れてもらえなかった。何代も暮らしていた本所深川ですら、悪い噂を立てられて追い出された。遠い祖先も、オサキモチであるがゆえに両親を殺され、生まれた村にいられなくなったという。小石川の外れに引っ越して来たものの、ここも永住の地ではないだろう。

親しくしている者もほとんどいない。周吉の祖父の代から交流のある者が時々様子を見にくる程度だ。

――周吉は悩んでばかりいるねえ。

オサキが呆れた口調で言った。オサキにかぎらず、もずやの妖たちは周吉の考えていることがわかるようだ。

余計なことを言わない妖も多い中、オサキは口数が多い。よくしゃべる妖だった。思ったことを口にする。

――お未緒を返しちまうしねえ。

未緒の名前を出されて胸が痛んだ。妖たちに驚きながら、三つ指をついた姿を思い出した。妖ではない誰かに見送られたのは、久しぶりのことだった。

周吉をオサキモチだと知りながら、未緒は怯えていなかった。そんな娘に妻にして欲しいと言われた。

その申し出を受けなかった。未緒が気に入らなかったわけではない。ただ、決めていただけだ。

結婚はできない。

妻もいらない。

子孫を残すつもりはなかった。

オサキモチの血筋は、自分の代で終わりにする。そう決心していた。文明開化が進んでいく世の中で、妖に取り憑かれている人間が幸せになれると思えなかった。

未緒だってそうだ。オサキモチと一緒にいたら、きっと不幸になる。またいつか、ひどい目に遭わされる。妻になんてならないほうが――周吉と一緒にいないほうが平和に暮らせる。

――お未緒は幸せなのかねえ。

オサキに問われ、周吉は首を横に振った。

「何が幸せかなんてわからないよ」

普通の人間が何を幸せだと思うのか、オサキモチにはわからない。そう続けようとしたとき、歌声が聞こえてきた。

周吉は、はっとした。その歌声の主を知っていたからだ。歌も知っている。『恋はやさし野辺の花よ』だった。オサキもわかったようだ。

――お明だねえ。

その通りだ。聞こえてきたのは、死んでしまった母の歌声だった。どこから流れてきたのかも、すぐにわかった。

――そうじゃ。

翁《おきな》の声がした。振り返ると、幻灯機が壁に画像を映していた。周吉の母が窓の外を眺めながら、『恋はやさし野辺の花よ』を歌っている。終わってしまった昔の画像だ。もう二度とは帰らない日々の記憶があった。

周吉は何も言うことができない。ただ、涙があふれそうになっていた。父や母と暮らした毎日は、決して豊かではなかったけれど、幸せだった。穏やかで優しい気持ちに満たされていた。

そのまま歌を聴いていると、頬に涙がこぼれてきた。それを見て、オサキが真面目な声で言った。

――周吉が泣いているよ。おいらも歌ってやろうかねえ。

からかっているのだろうが、この言葉のおかげで涙が止まった。差別されようと、妖たちと一緒にいるのは好きだった。

恐ろしい悪妖怪や悪霊もいるが、たいていは害がない。優しい妖も多く、彼らには温かみがあった。

――おぬしの歌は、次の機会に聞くとしよう。

幻灯機はオサキを適当にあしらい、周吉の母の画像を消した。しかし、そこで終わりではなかった。フィルムには続きがあった。

周吉の母によく似ているが、別の若い女の声が流れ始めた。やっぱり、『恋はやさし野辺の花よ』を歌っている。

――お未緒の声だねえ。

オサキの言う通りだ。けれど、くぐもって聞こえる。幻灯機を通したせいかとも思ったが、壁の向こうで歌っているような声だった。

閉じ込められている未緒の姿が脳裏に浮かんだ。不安になった。周吉は、幻灯機に頼んだ。

「どこにいるのか映しておくれ」

――見なくともわかっておるだろう。

突きはなすように言ったが、それでも未緒を映してくれた。未緒は暗い蔵の中にいた。久我山邸の庭にあった蔵だ。中に入ってしまったのだ。

周吉は、未緒の周囲を見た。おもちゃのような小さな雪洞が灯っていた。光はそれだけだった。

蔵の天井の近くには小さな窓があったが、夕日は差し込んでいなかった。日が差していたとしても、間もなく沈んでしまうだろう。

——もうすぐ夜になるねえ。

日が落ちると、妖の力は増大する。久我山邸の蔵には、〝物〟が封じられているというが、完全には封じられておらず、昼間でも気配を感じた。あれだけの妖気を漂わせているのだから、生半可な妖ではあるまい。未緒は、その妖に捕まっているのだとわかった。

——紙人形は役に立たなかったみたいだねえ。

オサキが呆れた声で言った。役に立たなかったというより、おそらくは蔵に貼らなかったのだ。文忠に渡してしまったのだろう。

——お未緒は駄目だねえ。文忠さんは、もっと駄目だけど。

魔物がため息をついている。曲がりなりにも陰陽師を名乗っているのが信じられないのだろう。

力がないのなら、ないなりに身を処さなければ、妖相手には命取りになる。文忠は、そのことがわかっていないのだ。おかげで未緒が捕まってしまった。

——娘。そのほうの血をもらう。

幻灯機の映し出すフィルムから、そんな声が聞こえた。時系列通りに映し出しているわけではないようだが、未緒が言われた言葉だった。蔵の妖は、未緒の生き血を啜るつもりでいるのだ。

——おっかないのがいるねえ。

オサキが、目をぐるぐる回している。もずやにも力の強い妖はいるが、生き血を啜るような危ないものはいない。オサキにしても、人間を食いはしないだろう。

画像の中では、未緒が『恋はやさし野辺の花よ』を歌い続けている。光の届かない蔵に閉じ込められて、妖に血を狙われているというのに怖がっている様子はなかった。

やがて日が沈み、夜が訪れた。

○

——始めるとするぞ。

男雛が言うと、雛人形たちが動き出した。最初に未緒に近づいてきたのは、二組の随身だった。随身は、貴人を警護する役割を命じられている。赤い武家装束と黒い武家装束を纏い、矢を背負っていた。赤の随身は若く、黒の随身は白い髭を伸ばしている。

未緒のそばで立ち止まり、静かに声をかけてきた。

——覚悟なされよ。

——そなたの血をもらうぞ。

そして、弓を引き始めた。キリリキリリと音が聞こえる。小さな人形の武器だが、鏃《やじり》は鋭く尖《とが》っている。未緒の命を奪うことくらいはできるだろう。

覚悟はしていたけれど、やっぱり死ぬことは怖かった。寒さのせいばかりではなく身体が震え、『恋はやさし野辺の花よ』を歌い続けることができなくなった。何秒もしないうちに、弦を弾く音が聞こえた。立て続けに二度鳴った。赤と黒の随身が矢を放ったのだ。

未緒は目を閉じ、両手を合わせた。思わずやったことだが、苦しまずに死ねるように、と信じてもいない神さまに願ったのかもしれない。

だが、いつまで経っても痛みはやって来ない。矢は届かなかった。その代わり、声が聞こえた。

——着物が汚れるわ。

少女の声だ。けれど、人間のものではない。妖か幽霊の声だ。武家でも公家でもない、町娘のような話し方をしている。

未緒は、蔵の中の空気が変わっていることに気づいた。じめじめと冷えていた空気が、春風に吹かれたように一掃されている。心地よい暖かさを感じた。小窓から風が入ってくるにしても、今は真冬だ。この暖かさは不思議だった。

(何が起こっているんだろう?)

おそるおそる目を開くと、夢か幻のような現実があった。どこにもなかったはずの桜の花びらが蔵いっぱいに舞い上がり、二本の矢を搦《から》め捕っていたのだった。

桜の花びらが助けてくれた。他に考えようがないけれど、この花びらは、どこからやって来たんだろう?

——妖が見えるくせに鈍いわね。まあ、知ってたけど。

ふたたび少女の声が聞こえた。未緒に言ったようだ。その声は、桜の花びらから聞こえてきている。

もう間違いない。桜の花びらがしゃべっていた。未緒が口を開くより早く、男雛が誰何《すいか》した。

――何者じゃ。

――見ての通りの桜の花びらよ。

それが返事だった。人形の妖を前に、少しも臆していない。声も話し方も凛としていて、生意気だった。男雛をからかっているようでさえあった。

――ただの桜ではあるまい。正体を見せよ。

――正体も何も、さっきからずっと、あんたたちの目の前にいるから。最初から一緒にいたでしょう。

その言葉は、未緒にとっても意外だった。ほんの数秒前に現れたばかりだと思っていた。

――最初からだと？

男雛が問い返すと、少女がため息をついた。

――まだわからないなんて、お未緒もお人形も鈍いわね。

未緒の名前を知っていた。どうして知っているのかと問う暇はなかった。ため息が合図だったかのように、桜の花びらが渦を巻き始めた。

風も吹いていないのに、一所《ひとところ》に集まり、薄紅色の光を放った。けれど、眩しくはない。雪洞の灯りに似た、ほのかな光だった。

やがて、光が人の形になった。暗闇をかき分けるようにして、髪の長い十歳くらいの少女が現れた。右手に随身たちが放った二本の矢を持っていた。

――これでいいかしら？

未緒と男雛に確認を取るように言った。未緒は啞然《あぜん》とした。何より驚いたのは、着物の柄だ。

少女は、未緒が周吉から借りたものと同じ小桜柄の着物を着ていた。文様だけでなく、生地の感じも同じものに見えた。

言葉にしたわけではないのに、未緒の考えていることがわかったらしく、少女が言ってきた。

――それはそうよ。だって同じですもの。

意味がわからなかった。何が同じだというのだろうか。質問するまでもなく、少女が答えた。

――着物の中で休んでいたのよ。

「休んでいた……」

首を傾げると、少女が未緒の身体を指差してきた。

――自分の着ている着物を見てご覧なさい。

今度は聞き返さず、言われるがままに目を落とした。すると驚いたことに、小桜の文様がなくなっていた。薄紅色の無地の着物になっている。

「妖……さまですよね……」

もずやの付喪神だと思ったのだ。未緒としてはわかりきったことを聞いたつもりだったが、少女は首を横に振った。

――ひとを化け物みたいに言わないでもらえるかしら。妖じゃないわ。精霊と呼んで欲しいわね。

「せ……精霊……さま……」

――そう。桜の精霊よ。

こんな場面なのに、少女は自己紹介を始めた。もともとは、桜に宿っている精霊であったらしい。

その桜の木は、本所深川の鵙屋にあった。御一新のときに伐《き》られてしまったが、精霊は消えず、小桜文様の着物となったのだという。

――小桜《こざくら》って呼んでくれればいいわ。

自己紹介を切り上げ、ようやく男雛に向き直った。そして右手に持っていた矢を床に投げ捨ててから、言い放った。

——お望み通り、正体を見せてあげたわよ。これで、あんたたちの勝てる相手じゃないってわかったでしょ。

桜の精霊は、生意気だった。

○

——無礼者。

——成敗してくれる。

黒と赤の随身が、やにわに剣を抜いた。切っ先は、小桜に向けられている。からくり人形を思わせる動きだった。

まだ戦うつもりでいるようだけれど、相手が悪い。精霊は、妖よりも神に近いとされることがある。人々の崇拝の対象になるほどだ。強い力を持ち、敵対してはならないと久我山家の書物に記されていた。

——分をわきまえなさい。

小桜が言うと、またしても桜吹雪が起こった。それは小さな竜巻となり、剣を抜いた黒と赤の随身に向かっていった。

随身たちは剣を振り回したが、勝負にならなかった。竜巻が飢えた大蛇のように随身の身体を呑み込み、蔵の天井に叩きつけた。

床に落ちることさえ許さず、何度も何度も叩きつけた。二体の人形が枯れ葉のように竜巻に翻弄《ほんろう》されている。随身たちは悲鳴を上げることさえできない。バラバラになるのも時間の問題のように見えた。

——それくらいにせよ。

男雛が感情のない声で言った。小桜は、あっさりと頷いた。

——いいわよ。

その瞬間、桜吹雪の竜巻が消え、ポトリポトリと黒と赤の随身の身体が床に落ちてきた。妖でもダメージを受けるらしく、二体の人形は動けなくなっている。言葉も発することができないようだ。

小桜は、そんな人形の妖に興味はないようだ。床に落ちた随身を見もせず、男雛に話しかけた。

——扉を開けてもらえるかしら。自分で開けてもいいけど、壊しちゃったら悪いから。

この場から立ち去るつもりなのだ。随身が敵わぬ以上、三人官女や五人囃子では勝負にならないだろう。

——お未緒、帰るわよ。

「は……はい」

そう返事をして、小桜と一緒に蔵の外に出ようと扉に近づいたときだった。地響きするような野太い声が聞こえてきた。

——下郎推参《げろうすいさん》なりッ。

これも妖の声だ。蔵の奥に何かがいる。まだ姿は見えないが、ふたたび空気が張り詰めた。春の陽気のような小桜の気配を、強く押し返す空気を感じた。強い圧があった。

——そなたが力を貸してくれるのか。

男雛が、闇の奥に声をかけた。返事はなかったが、その代わり、重い足音が聞こえた。ズシン、ズシン、ズシンとこっちに向かってくる。蔵が揺れるような足音だった。

大きな蔵だが、屋敷のように奥行きがあるわけではない。すぐに、足音の主の姿が見えた。そこにいたのは、落ち武者だった。

——平家の落ち武者ね。

小桜が肩を竦《すく》めた。その名前は聞いたことがある。平安時代に起こった治承《じしょう》・寿永《じゅえい》の乱――いわゆる源平の戦いで敗れた平家の武者の亡霊のことだ。書物の知識しかない未緒にわかったのは、そこまでだった。しかも肝心なところを間違っていた。

――正確には、亡霊じゃないわ。

少女に正された。改めて見ると、鎧兜《よろいかぶと》を身につけて錆《さ》びた刀をぶらさげてはいるが、中身は空洞だ。武者の姿は見えなかった。

――あれも付喪神よ。平家の落ち武者の持っていた鎧兜や刀が、妖になったのよ。

小桜は顔を顰《しか》めている。相手が悪いと言わんばかりの顔だ。随身たちを一蹴したときの余裕が消えていた。

落ち武者が足音を響かせて、さらに未緒のそばに寄ってきた。狙いは明らかだった。未緒を殺そうとしている。

――あんたの相手は、こっちよ。

小桜が未緒を庇うように落ち武者の前に歩み出て、袖を振った。

――えいっ！

ふたたび桜吹雪が起こった。さっきよりも大きな竜巻が現れた。その勢いは激しく、未緒さえ吸い込まれそうになった。

――消えてもらうわ。

その瞬間、薄紅色の竜巻が、平家の落ち武者の身体を呑み込んだ。竜が牙《きば》を剝《む》いたように見えた。

勝負がついた。未緒はそう思った。だが、間違っていた。竜巻は落ち武者の身体を吹き上げることができなかった。

竜巻に吞まれても、落ち武者は微動だにしなかった。ずっしりと立っている。ただ小桜に顔を向け、何事もなかったかのように言葉を発した。

——下郎推参なり。

この言葉しかしゃべれないようだが、存在感があった。妖力が強いのか、鎧兜が重いのかはわからないけれど、小桜の竜巻は通用しなかった。

——誰が下郎よ。

小桜は舌打ちし、文句を言った。

——こんなところに、あんたみたいな化け物がいるなんて聞いてないわよ。

それに対する落ち武者の返事は、やっぱり同じだった。

——下郎推参なり。

そして、刀を抜いた。小桜を斬るつもりだ。錆びて刃こぼれしているが、少女くらいは簡単に斬ることができるだろう。たとえ斬れなくても叩き潰すことはできる。

落ち武者が刀を振り上げた。未緒は小桜を助けようと飛び出しかけたが、間に合いそうになかった。人間が動くより、刀を振り下ろすほうが早いのは当たり前のことだ。

小桜が斬られる！

未緒にはどうすることもできない。恐ろしい現実から逃避するように目を閉じかけたときだ。

蔵の外から、猫の鳴き声が聞こえた。

「にゃん！」

そして空気が震えた。びりりッ——と雷が落ちたのだった。

それは、小さな雷だった。雷光が、蔵の小さな窓を通って、落ち武者の身体に直撃した。

——げぶうううッ。

落ち武者の口から、おかしな声が漏れた。断末魔の声だったのかもしれない。棒立ちとなった後に、ばたりと崩れ落ちた。雷の直撃を受けた刀は炭となり、鎧兜がブスブスと燻《くすぶ》っている。

小桜が小さく息を吐き、それから文句を言った。

——もっと早く来なさいよ。

視線は、蔵の小窓に向けられていた。その視線を追いかけると、なんと、そこには黒ちび猫がいた。

「にゃん」

小窓からクロスケの顔がのぞいていた。果たして、雷を落としたのは、このクロスケだった。

○

「どの妖がいちばん強いのでしょうか？」

そんな質問をしたのは、未緒が八歳か九歳のときのことだ。書物の虫干しをしながら、老女中のタキに聞いた。いかにも子どもらしい質問だったと思うが、タキは困った顔をした。

「難しい質問ですね。妖は、人間のように年中争っているわけではありませんからねえ」

強い妖力を持ちながら、戦いを好まない妖もいるという。

「例えば、雷獣がそうですね」

雷と一緒に天から駆け下りてくると多くの言い伝えに残っているが、その特徴は文献によって異なる。

狼《おおかみ》に似ているというものもあれば、子犬のようだと書かれている書物もある。雲に乗って飛行するという伝説もあるし、土の中で冬を越すという伝説もあった。実態は謎に包まれていた。

その雷獣が、十六歳の未緒の目の前に現れたのだった。正体を見せたと言うべきだろうか。

——ちっちゃな黒猫にしか見えないけど、クロスケは雷獣なのよ。

小桜はそんなふうに紹介した。江戸時代から一緒に暮らしているとも言った。もずやの妖でも古株だ。

「にゃん」

クロスケが改めて挨拶するように鳴いた。未緒は驚きから覚めていなかった。

「雷を操る……」

意味もなく呟き、ふと気づいた。誰に問うたわけでもなく、思い浮かんだことを口にした。

「もしかして本所深川の火事のときの雷も——」

幻灯機に見せてもらった画像を思い出していた。猫の鳴き声が聞こえた後、雷が落ちて雨が降った。偶然ではなかったのだ。

雷を落とすだけではなく雨を降らせることができる。とんでもない妖だ。臆病な黒ちび猫にしか見えないが、書物で見た以上の力を持っていた。

——もっと早く来なさいよ。

小桜がクロスケに苦情を言った。

○

「にゃん」

クロスケが、小窓から蔵の中に入ってきた。ジャンプしたはいいが、着地に失敗したらしく、お腹をぶつけて涙目になった。

「うにゃん……」

「大丈夫ですか」

未緒が心配すると、小桜が返事をした。

——大丈夫に決まっているから。雷獣なのよ。オサキと同じくらいの化け物よ。凌《りよう》雲閣《うんかく》から落ちたって平気なんだから。

浅草十二階とも呼ばれる煉瓦《レンガ》造りの建物だ。その呼び名の通り浅草にあり、日本で一番高い建物だった。浅草には格安な店も多く、何度も買い物に行かされている。使用人がいなくなってからは、未緒一人の仕事になった。重い荷物を抱えて、何度も凌雲閣を見上げた。

——それじゃあ、今度こそ帰るから。

小桜が宣言するように言った。視線の先には、男雛の姿があった。随身たちは小桜に負け、平家の落ち武者もクロスケに真っ黒焦げにされた。勝負はついた。これ以上、ここにいる理由はない。

だが、男雛は諦めていなかった。静かな声で勝負を挑んできた。

——予が残っておるのが見えぬのか。

——まだ、やるつもりなの？

小桜がため息をついた。うんざりした様子を隠そうともしない。その気持ちは、未緒にもわかった。相手が人間であればともかく、小桜やクロスケと戦って男雛が勝てるはずがない。

そこまでして、未緒の生き血が欲しいのだろうか。ますます疑問に思った。確かに、人間を食らう妖は存在する。猫が人の血を舐《な》めると化け猫になるし、外国には、生き血を吸って不老不死になる吸血鬼という化け物がいるという。妖が、人間の血肉を求めるのは珍しいことではなかった。

しかし、男雛はそんなふうには見えない。血なまぐさいことは似合わぬ容貌と雰囲気があった。雛人形が、人間の生き血を啜るという話は聞いたことがなかった。

——クロスケ、お人形が呼んでるわよ。雷を落としてあげなさい。

小桜が押し付けようとするが、黒ちび猫は後ずさる。

「にゃん……」

嫌がっている。争いごとが好きではないのだ。小桜を助けるために落ち武者に雷を落としはしたけれど、心配そうにちらちらと焼け焦げた落ち武者を見ている。クロスケは優しい妖だった。

——そうね。もうやめておきましょう。面倒くさいわ。

「にゃん」

——お未緒を連れて早く帰らないと、周吉が心配するわ。

心配するのだろうか？　憑きもの落としの式王子を盗むために嫁入りしてきたと、周吉は知っている。親同士の約束があったというのも嘘だと気づいているだろう。

合わせる顔がなかった。自分は、心配されるような人間ではないのだ。もずやには帰れない。そう言おうとしたときだった。

「ドン‼」

と、大きな音が響き、蔵の扉が飛んできた。

――お未緒、危ない！

声とともに小桜に突き飛ばされた。床に転がった次の瞬間、重い扉が未緒の立っていた場所を薙《な》ぎ払うように通過し、背後の壁に激突した。

まさに間一髪《かんいっぱつ》だった。小桜が助けてくれなければ、未緒は死んでいた。何が起こったのかわからず呆然としていると、蔵の外から大声が聞こえてきた。

「化け物どもめ！　この世から消してくれる！」

父の声だった。気を失っていたはずだが、いつの間に目覚めたのだろうか。文忠が喚《わめ》いている。父が扉を吹き飛ばしたのだろうか？　まさか、と未緒は思う。名ばかりの陰陽師である父は、蔵の扉を吹き飛ばすような力は持っていない。

それなのに、強い妖気を感じた。暗闇に目を凝《こ》らすようにして視線を向けると、父の背後に大きな影があった。

禍々しい妖気を発している。人間ではない何かがそこにいる。小桜が舌打ちする。

——お未緒、あんたの父親はバカなの？　とてつもない大バカなの？

江戸っ子は口が悪いというが、小桜はかなりの毒舌だった。だけど、否定はできない。父の味方をすることはできなかった。

庭の端では、清孝を抱き締めるようにして、美津江が気を失っていた。立て続けに起こる出来事に耐えられなかったのだろう。

蔵の外に現れた大きな影を見て、クロスケが震える声で鳴いた。

「にゃん……」

○

文忠は、異能を持っていなかった。平安時代から続く陰陽師の名家・久我山一族の跡取り息子として生まれたにもかかわらず、術を使うことができない。

修行を積むことで術を使えることになる者もいるが、文忠にはそれさえ無理だった。まるで才がなかったのだ。

それを教えてくれたのは、文忠の父である忠衛《ただえい》だった。不世出の陰陽師と呼ばれ、時の政府や朝廷から一目置かれていた忠衛だけに、息子に才がないと気づくのも早かった。

「おまえの役割は、家を潰さぬことだ」

物心ついて、すぐに言われた。跡継ぎを作ることしか期待していない、と宣言されたのだった。

文忠は、父を尊敬していた。忠衛のような立派な陰陽師になりたくて、術を教えて欲しいと頼んだ。だが返ってきたのは、突きはなすような言葉だった。

「修行などしても無駄だ。才のない者に教える術はない。おまえは、陰陽師にはなれぬ」

はっきりと言われた。文忠は、言い返すことはできなかった。家長《かちょう》に口答えなどできない。父の命令は絶対なのだから。

自分には、才がない。修行する価値さえない。幼い文忠はショックを受けた。それでも忠衛のような陰陽師になりたいという思いは残った。

書物を読み、父の目を盗んで修行に励んだ。術を使えるようになって、尊敬する父に褒めてもらおうと思ったのだ。

父のようになりたい。けれど、なれない。跡取りなのに、そうなることさえ望まれていない。

忠衛は正しかった。十年二十年と自分なりに修行を積んでも、たくさんの書物を読んでも術は使えないままだった。文忠は、妖や幽霊の気配を感じることすらできない。

さらに月日は流れて、父が倒れて久我山家当主になったが、術も使えず妖も見えない。もう修行もやめてしまった。何をやっても無駄だと悟ったのだ。

父の作ってくれた蔵を頼りに、どうにか誤魔化しながら陰陽師をやっている。跡取りができたが、その清孝にも才はなかった。自分に似てしまった。〝物〟を閉じ込めておいた蔵は破裂寸前だった。

そんなとき、一冊の書物を見つけた。蔵に〝物〟を置きに行ったとき、どこからともなく現れたものだった。昔から久我山家にあったのか、忠衛がどこかから預かってきたのかはわからない。初めて見る書物だった。表紙には何も書かれておらず、題名も作者の名前もなかった。

「なんだ、これは……」

呟きながらも手を伸ばしたのは、予感があったからかもしれない。異能はなくとも、多くの書物を読んでいる。見つけたばかりの書物の異様さに気づくことができた。

ページをめくると、なんと、悪妖怪を召喚する方法が載っていた。書かれている通りにすれば、素人《しろうと》でも妖を呼び出すことができる。

たいていの人間は、妖を見ることができない。だが、この書物に書かれている妖は別格だった。

「人間が妖に変化《へんげ》したものだな」

しかも、邪悪で強い妖力を持っている。人間の目にも映る種類の妖だ。これを呼び出せば、才のない文忠にも見ることができるだろう。

さらにページを進めていくと、生き血を啜ることで永遠の命を得られる方法が書かれていた。この世から消えた妖を呼び戻すことができるらしい。そんな禍々しいことばかりが記されていた。

「禁術《きんじゅつ》か……」

誰にも届かない声で呟いた。この世には、使ってはならない術が存在する。それが書かれている書物は、「禁書」と呼ばれる。所持していることさえ罪になる。政府に知られれば、咎《とが》められるだろう。

それでも書物を破棄しなかったのは、いずれ使う日が訪れると思っていたからかもしれない。

普通、陰陽師は妖を召喚し、帰伏《きふく》させて式神にする。文忠の父も、カラスの姿をした式神を持っていたという。文忠はそれを見ることさえできなかった。当然、式神も持っていない。

だが禁術を使えば、悪妖怪を式神にすることができる。父のように式神を持つことができる。これほど魅力的な話はなかった。

政府に咎められる危険があろうと、捨てることはできなかった。密かに書斎に移しておいた。

そして、その日がやって来た。蔵の妖が暴走し始めた。こんなことが世間に知られたら、久我山家の面目は丸潰れだ。

ただでさえ明治維新後、新政府は明治三年に「天社禁止令」を発布し、陰陽道を迷信として廃止させている。平安時代から続く名家にもかかわらず、久我山家が爵位をもらえなかった理由だ。

忠衛が政府に顔が利いたおかげで、家の存続こそ認められたものの、弟子を取ることも許されなかった。民間に流布することもできない。また、陰陽師家を潰したがっている役人は多い。騒ぎを起こせば、政府や軍部に目を付けられることもあり得た。

蔵の妖を鎮めようとオサキモチの持つ紙人形に目を付け、手に入れて法文を唱えても、憑きもの落としの式王子は言うことを聞かなかった。なんとか意識は取り戻したが、騒ぎは大きくなる一方だ。息子も蔵の妖に捕らわれている。

「おまえの役割は、家を潰さぬことだ」

そんな父の言葉さえ守れなくなってしまう。それどころか、このままでは蔵の妖に家を乗っ取られてしまう。

もう一つの父の言葉が、文忠の脳裏を駆け巡った。

「修行などしても無駄だ。才のない者に教える術はない。おまえは、陰陽師にはなれぬ」

(無駄じゃない。才もある。陰陽師にもなれる)

言い返せなかった言葉が、胸の奥からあふれ出てきた。父を見返したかった。父のような陰陽師になりたかった。人々がひれ伏すような術を使いたかった。

「おれの力を見せてやる」

声が出た。気づいたときには、書斎に向かって駆け出していた。禁術の書かれた書物——禁書を手にするために。

蔵の前に戻ってくると、悪妖怪を呼び出した。本気で式神にできると思っていたのだ。

○

——あれはまずいわ。あんたの父親、普通のバカじゃなかったみたい。とんでもない愚か者よ。

小桜の舌打ちは止まらない。一方、未緒は言葉が出なかった。

「にゃん……」

クロスケが震えている。今にも逃げ出しそうだった。不思議な気持ちで目をやると、小桜が解説するように言った。

——そうだったわ。あんた、猫の姿をしてるくせに、鼠が苦手だったわね。

鼠。

そう。鼠だ。文忠が呼び出した悪妖怪の正体は、巨大な鼠だった。

人力車よりも大きな鼠が、赤い目を光らせ、鉄の牙を剝き出しにしている。腐臭が漂ってくる。おぞましいものが、そこにあった。

——鉄鼠《てっそ》を呼び出すとは。

男雛が呻き声を上げた。その名前は、未緒も知っている。悪妖怪の代名詞とも言える妖だ。

鉄鼠は、平安時代に生まれたとされている。悪名は轟いており、『平家物語』にも逸話が載っているくらいだ。

話は、天台宗園城寺《てんだいしゅうおんじょうじ》の頼豪阿闍梨《らいごうあじゃり》が、白河《しらかわ》天皇に皇子誕生の祈禱《きとう》を命じられ、見事に成就させたところから始まる。

効験《こうけん》があったときには褒美として、園城寺に戒壇院を建立《こんりゅう》する約束をしていたのに、白河天皇は破った。約束を反故《ほご》にしたのだった。園城寺と対立していた延暦寺《えんりゃくじ》の横槍《よこやり》があったためだと言われている。

ちなみに戒壇院とは、僧尼に戒律を授けるための施設のことで、これを建立できれば寺の格が上がる。国定寺院として認められた証《あかし》であった。頼豪にとって、戒壇院建立は長年の夢であった。その夢を叶えるために、命を削るように祈禱して成し遂げたにもかかわらず、約束は守られなかった。

頼豪はこれを怨み、百日の断食を行った後、悪鬼のような姿で死んだ。そして、鉄の牙を持つ大鼠に変化し、八万四千匹もの鼠たちを従えて、延暦寺を襲ったとされている。

その恐ろしい鉄鼠が、大正の東京に現れた。禁術によって、よみがえった。

「蔵の妖を食らい尽くせ！」

文忠がひび割れた声で命じた。完全に正気を失っている。鉄鼠を操るつもりでいるのだ。

――ギギッ、ギギギッ。

錆びた扉を無理やり動かしたような耳障りな音が聞こえた。これこそが、鉄鼠の鳴き声だった。

だが、鉄鼠は動かない。ただ視線を文忠に向けた。赤い目が鈍く光っている。剣呑な目をしていた。

文忠が苛立った声を上げた。

「何をしておる？　さっさと食らわぬか！　言うことを聞け！」

真鍮のステッキを振り上げた。恐ろしい鉄鼠を殴りつけて、力ずくで従わせようというのだ。

「さっさと蔵に行け！」

ステッキを振り下ろし、鉄鼠の鼻先を殴りつけた。鈍い音が響いた。だが、呻き声を上げたのは、文忠だった。

「ぐ……」

鉄鼠が何をしたわけではない。鉄鼠は動きさえしなかった。ただ、鉄鼠の身体は鋼鉄よりも硬い。

ダメージを負うのは、殴ったほうだった。文忠は、右腕を押さえて顔を顰めている。鉄鼠には、傷一つついていない。まるで効いていなかった。

だが、怒っている。尖った鉄の牙をいっそう剝き出しにして、赤い目を光らせながら音を発した。

――ギギギッ。

そして、猪《いのしし》のように突進した。声を上げる暇さえなかった。ゴミ屑《くず》を蹴散らすように、鉄鼠が文忠の身体を撥《は》ね飛ばした。

「ぐわっ」

悲鳴が上がった。名ばかりの陰陽師である文忠は、まともに妖を見たことがなかった。その怖さもわかっていない。

妖を式神にするためには、召喚するだけでなく帰伏させせなければならない。自分のほうが強いとわからせるのだ。それを文忠は、犬猫を躾《しつ》けるようにステッキで殴って言うことを聞かせようとしたのだった。

当然、鉄鼠は従わず、文忠に牙を剝いた。文忠の身体が無防備に撥ね飛ばされ、鞠《まり》のように地面で弾んだ。もう悲鳴さえ上げなかった。最後に落下すると、糸の切れた操り人形のように動かなくなった。おかしな方向に右足が曲がっている。

思わず駆け寄ろうとする未緒を、小桜の声が止めた。

——大丈夫。生きてるわ。右足と肋骨《ろっこつ》が何本か折れただけよ。

そう教えてくれた。鉄鼠ほどの悪妖怪に襲われて、命を取られずに済んだのなら幸運だ。食い殺されてもおかしくないところだった。しかし、父が大怪我をしたのは確からしい。

「早く病院に……」

未緒の口から出た言葉が途切れた。恐ろしいものたちに気づいたからだ。文忠が召喚したのは、鉄鼠だけではなかった。

——ギギギッ。

——ギギッ、ギギギッ。

——ギー。ギギギー。

鉄鼠の鳴き声ではない。闇の底から湧き上がってきたように、いつの間にやら、蔵の前を埋め尽くすほどの化け鼠たちが集まってきていた。

どれも子猫ほどの大きさがあった。クロスケよりも大きかった。しかも、一匹残らず鉄のような牙を持っている。小さな鉄鼠のようにも見えた。妖力も強く、鉄鼠と同様に人間の目に映る妖だった。

——手下を呼んだのね。

小桜が絶望的な声を出した。過去の事例と同じなら、この鼠たちは八万四千匹もいることになる。とんでもない数だった。

「にゃん……」

クロスケが震える声でまた鳴いた。すると一斉に、鉄鼠と化け鼠たちがこっちを見た。未緒や小桜、男雛ら雛人形たちに視線を向けたのだった。

——ギギッ。

——ギッ、ギギギギッ。

仲間内で言葉を交わしたようだが、その顔には知性の欠片もなかった。あるのは食欲だけだ。

鉄鼠たちは腹を空かせている。

未緒たちに逃げ場はない。

○

——ギー。

鉄鼠が鳴き声を立てると、庭を埋め尽くしていた化け鼠たちが左右に分かれて、鉄鼠のために通り道を作った。

その道は蔵に続いていた。未緒やクロスケ、小桜が、鉄鼠の正面にいる。扉は壊されて、遮るものは何もなかった。

——ギギギッ。

ふたたび耳障りな鳴き声が響き、鉄鼠が王のように歩き出した。化け鼠たちが家来のように後に続く。ぞろぞろと近づいてくる。そのうちの何匹かは、早くもよだれを垂らしていた。こんな連中に襲われたら、骨も残らないだろう。

——本格的にまずいわね。クロスケ、雷を落とせる？

小桜に問われ、黒ちび猫が勇気を振り絞ったみたいに頷いた。

「にゃ……にゃん」

まだ震えているが、覚悟を決めたようだ。もはや一刻の猶予もない。鉄鼠は、すぐそこまで迫っている。

――頼むわ。

「にゃん」

クロスケが頷いた。それから、小さな身体が膨れ上がるほどに息を吸い込み、真っ暗な夜空に向かって鳴いた。

「にゃん！」

東京中に響き渡るような声だった。そのにゃんに返事をするように、雷が落ちた。

びりりッ！

しかも、鉄鼠を直撃した。地面が揺れるほどの大きな雷だった。蔵の中に飛び込んできた一撃よりも、ずっと激しく大きかった。

もうもうと土埃が舞い上がり、未緒たちの視界が塞がれた。鉄鼠は声を立てなかった。それどころか、気配が消えていた。化け鼠たちも一緒に吹き飛んだのか、蔵の外が静かになった。

――あんた、すごいわね。

小桜の呟く声が聞こえ、クロスケがため息をつくように鳴いた。

「にゃん……」

苦手な鼠相手に雷を落として疲れてしまったのか、返事に元気がなかった。雷を落とすのは、妖力を消耗するのだろう。

未緒は、清孝のことが心配だった。また、父の怪我も気になる。土煙が残っている中、蔵の外に出ようとした。

その瞬間のことだ。背中に衝撃があった。未緒の小さな身体が吹き飛び、蔵の外の地面に転がった。

——男雛っ！

小桜の叫び声が聞こえた。男雛が未緒を突き飛ばしたようだ。鉄鼠や化け鼠たちに気を取られ、雛人形の妖に命を狙われていることを忘れていた。すっかり油断していた。

未緒は地面に転がって、無防備な背中を晒している。男雛に殺されてしまう。慌てて立ち上がり、逃げようとした。だが、その必要はなかった。

——わ、若さまっ！

——なんという真似を！

いくつもの悲鳴が上がった。雛人形の妖たちの声だった。その悲鳴に引っ張られるように振り返ると、男雛が宙に浮かんでいた。胸を上にして、身体を「へ」の字に反《そ》らしている。

いや、浮かんでいるのではなかった。自らの意思で身体を反らしているのでもない。食われかけていた。

男雛は、何かに噛まれていた。目を凝らすと、土埃の中に大きな影が見えた。それは鼠の形をしていた。

――ギギギッ。

――ギギッ、ギギギッ。

――ギー。ギギギー。

ぞっとするような鳴き声が聞こえた。大きな影に従うように、たくさんの声が聞こえてくる。

やがて土埃が収まり、鉄鼠の姿が見えた。焦げてさえいない。まったくの無傷だった。化け鼠は何匹か吹き飛んだようだが、もともとの数が多い上に、次から次へと湧いてくる。

――雷が効かないなんて……。

小桜の声には絶望が交じっていた。疲れ切って、へたり込むようにしていたクロスケが立ち上がり、ふたたび雷を呼ぼうとした。

「にゃ――」

「待ってくださいっ！」

未緒は止めた。雷を落としたら、男雛が巻き込まれてしまう。そう思ったのだ。男雛が焦げてしまう。

付喪神は、器物に宿る妖だ。宿っている器物が壊れてしまえば、この世にいられなくなる。

――男雛は、あんたの生き血を啜ろうとしたのよ。

小桜に指摘された。その通りだが、鉄鼠に襲われそうになった先ほど助けてもくれた。それに、最初から男雛は悪妖怪には見えなかった。

「事情があるのではないでしょうか」

――事情って……。あんた、お人好しすぎるわ。

呆れた声で言われたときだった。男雛の声が聞こえた。

――お未緒とやら、すまぬことをした……。

鉄鼠に噛みつかれながら、掠れた声でしゃべっていた。未緒を殺そうとしたことを謝っているようだ。やっぱり、人を食らうような妖には見えなかった。何か事情があるのだ。男雛は、未緒が歌う『恋はやさし野辺の花よ』を静かに聞いていた。思い返すと、どこか寂しげだった。傷ついているようにさえ見えた。

男雛がどんな事情を抱えているのかはわからないが、未緒を助けてくれたのは事実だ。その結果、鉄鼠の餌食《えじき》になっている。

男雛を助けなければならないと思った。見殺しにはできない。見殺しにしてはならない。

もちろん、雷さえ効かない恐ろしい悪妖怪に、自分のような娘が勝てるはずはない。きっと殺されてしまうだろう。それでも逃げるつもりはなかった。絶対に男雛を助けると、未緒は決めた。

ふと視線を彷徨《さまよ》わせると、少し離れたところに、父のステッキが転がっているのが見えた。

（あれを使おう）

他に武器になるようなものはない。未緒はステッキを拾い、握り締め、鉄鼠に向かっていった。

「男雛さんを離してください！」

声を上げながら、力いっぱい鉄鼠の後ろ足のあたりを殴った。鈍い音が鳴ったが、鉄鼠は平然としている。まるで効いていない。男雛を離す素振りもなかった。

手が痺《しび》れてステッキを握っていることさえ辛くなったけれど、未緒は諦めずに、もう一度、鉄鼠を殴ろうとした。男雛を助けようとした。

しかし、鉄鼠を殴ることはできなかった。化け鼠たちが飛びかかってきた。未緒の身体に牙を立てようとする。

ステッキを振り回して追い払おうとするが、化け鼠たちはステッキを齧《かじ》り始めた。ガリガリと音が響き、あっという間にステッキはボロボロになってしまった。もう役には立たない。

これで武器はなくなった。化け鼠たちの食事を邪魔するものはない。化け鼠たちが、一斉に未緒の身体に噛みつこうとする。いくつもの汚れた牙が、未緒の首に迫っていた。

――お未緒っ！

「にゃん！」

小桜とクロスケの声が聞こえた。未緒は返事をすることさえできない。化け鼠たちの牙が首に刺さる寸前だった。今から助けが入っても間に合わないだろう。

未緒は、目をぎゅっと閉じた。そうすることしかできなかった。これから訪れるであろう痛みが、そして死が恐ろしかった。

そのときのことだ。優しい声が響いてきたのは――。どうすることもできない未緒の耳に、あの男の声が聞こえてきた。

式王子　是日本・唐土・天竺　三ヶ朝　潮境に　雪津島・寺子島　みゆき弁才王とて　王こそひとり　育ち上がらせ給ふた　弁才王の妃……

そして、世界が変わった。

生きる希望を失っていた未緒の世界を変えてくれる声だった。それから、もう一つ、聞きおぼえのある声が響いた。

〇

――ケケケッ。

邪悪な声だった。目を開くと、どこからともなく真っ白な狐が鉄砲玉のように飛んできた。

「オサキさん……」

　未緒は、その名前を呟いた。ものすごい速度で飛んできたので、ちゃんと見えないけれど、あの笑い声はオサキだ。

　その見当は間違っていなかった。

　鉄鼠と戦うと思いきや、気を失っている文忠の土手っ腹に着地した。小さな隕石《いんせき》が墜落したような降り方だった。

「ぐえっ」

　父が悲鳴を上げて、目を開けた。その衝撃で気絶から覚めたらしく、苦しそうに顔を顰めた。自分の身に何が起こったのかわからないようだ。きょろきょろと周囲を見回している。

　――おいら、降りるところを間違っちまったみたいだねえ。文忠さんに悪いことをしちまったよ。ケケケッ。

　オサキは言うが、ちっとも申し訳なさそうではなかった。父の腹の上から降りようとせず、口を開けて大笑いしている。こんな状況なのに楽しそうだった。

　――わざとね。

「にゃん」

小桜とクロスケが指摘した。未緒の目にも明白だった。オサキが本気でぶつかったら、普通の人間は死んでしまうだろう。

オサキなりに加減をして着地したようだ。文忠の目を覚まさせてやろうと思ったのかもしれない。

——おいら、お医者さんになれるねえ。お代は、あんぱんでいいねえ。

何やら言っているが、文忠には聞こえていない。鉄鼠にやられた傷が痛むのか、あるいはオサキの着地のダメージが大きかったのか、脂汗をかきながら呻き声を上げている。

——文忠さんは大げさだねえ。

勝手なことを言っている。ちょっぴり意地悪なところがあって、何をしでかすかわからないけれど、オサキが登場した瞬間から空気が変わった。悪妖怪に追い詰められていたのに、小桜とクロスケの顔に余裕が生まれている。

その一方では、強大なオサキの妖力に当てられたらしく、鉄鼠と化け鼠たちが固まっていた。もはや未緒を襲う気もないようだ。

——あんぱんは周吉が買ってくれるわよ！　だから、さっさと鉄鼠と化け鼠を片付けなさい！

「にゃん！」

小桜とクロスケがせっついても、オサキが動かない。文忠の腹に乗って、ため息交じりに返事をした。

――おいら、疲れちまったよ。今日の仕事は終わりだねえ。

まるで、やる気がなかった。さっきまで元気に笑っていたくせに、わざとらしく大欠伸までして見せた。

――まだ何もしてないじゃないっ！　あんた、鉄鼠や化け鼠たちを放っておくつもりなのっ⁉　お末緒やわたしが殺されてもいいのっ⁉

小桜がオサキを怒鳴りつけた。本気で腹を立てているようだ。だが、オサキはのほほんとしていた。

――殺されないねえ。反対に、鼠さんたちが殺されちまうんじゃないかねえ。

――え？

聞き返したときだった。小桜に返事をするように、星の見えない真っ暗な夜空から小さな紙人形が舞い降りてきた。

その正体はすぐにわかった。鉄鼠や化け鼠が固まっているのは、オサキの他にも強大な妖力があったからだ。

憑きもの落としの式王子

どこかへ消えていた紙人形が、ひらひらと飛んできた。風が吹いているわけでもないのに宙に浮かんだまま着地をせずに、やがて未緒の視線の高さくらいの場所で静止した。

その様子は、命令を待っているようにも見えた。憑きもの落としの式王子に命令をくだせるのは、彼しかいない。

ふたたび、あの声が聞こえてきた。

式王子　是日本・唐土・天竺　三ヶ朝　潮境に　雪津島・寺子島　みゆき弁才王とて　王こそひとり　育ち上がらせ給ふた　弁才王の妃……

紙人形が動き出す。法文を吸い込むように回転しながら、化け鼠たちに向かって飛んだ。

——ギーッ！

――ギギギッ！

――ギッ！

さっきまでとは違う種類の鳴き声が上がった。断末魔の悲鳴だった。どこから取り出したのか、憑きもの落としの式王子は小さな刀を持っていて、化け鼠たちを刻むように斬っていく。回転するたびに、化け鼠たちの身体が飛び散った。

力の差は明白だった。化け鼠が何匹いようと、憑きもの落としの式王子の相手にさえならない。

斬られた瞬間に、塵《ちり》と化して砕け散る。次々と砕け散っていく。あたかも突風に吹かれた灰のようだった。

何秒もしないうちに化け鼠がいなくなった。久我山邸を埋め尽くしていたほどの化け鼠たちが、一匹残らず紙人形に斬られてしまったのだった。優しい声は法文を唱え続けている。

――ギギギッ！

鉄鼠が威嚇するように鳴いた。化け鼠たちと違って、紙人形に怯えていない。妖気が強くなった。怒っているのだろう。吐き気をもよおすような邪悪な瘴気《しょうき》が満ちていく。

「にゃん……」

クロスケが鳴いた。紙人形を心配しているのだろう。何しろ鉄鼠には雷さえも効かなかった。

未緒も心配だった。ステッキで鉄鼠の後ろ足のあたりを殴ったときにわかったことがある。鉄鼠は牙だけではなく全身が鉄のように硬く、しかも針金のような体毛で覆われていた。

一方、紙人形の刀は掌《てのひら》に収まるほどに小さく、紙細工でできているようだ。鉄鼠の皮膚を切るどころか、体毛に跳ね返されてしまいそうだった。

——そうね。ちょっと心配ね。

小桜までが不安げに呟いた。鉄鼠の恐ろしさを目の当たりにしているのだから、当然なのかもしれない。

だが、そうではなかった。クロスケも小桜も、紙人形が負けることではなく、別のことを心配していた。まだ姿を見せていない彼が本気を出すのではないかと。

——やりすぎないといいねえ。ケケケッ。

オサキの笑い声が響き、法文を唱える声が止まった。すると、紙人形が夜空に舞い上がって姿を消した。どこかに行ってしまった。

　そして、足音が聞こえ始めた。足音まで優しかった。何度も聞いたことがあるわけでもないのに、誰が現れようとしているのかわかった。

　今まで姿を見せなかったのは、鉄鼠や化け鼠たちの様子を探っていたからなのかもしれない。未緒たちを確実に助けるため、相手の強さを測っていたのだろう。

　——たいしたことないのにねえ。

　オサキの言葉に応じるように、闇の中から背の高い男が現れた。その男は、黒いトンビを着ている。闇の中から生まれ出《い》でたように見えた。

「オサキモチ……」

　そう呟いたのは、文忠だった。声が震えている。

　鉄鼠の暴れる久我山邸の庭に現れたのは、周吉だった。彼が姿を見せた瞬間、この世のすべてが動きを止めたように静かになった。

○

　およそ百五十年前、明和《めいわ》年間（一七六四〜一七七二年）のころ、周吉と同じ名前を持つ祖父が江戸に流れてきた。周吉の祖父は、好きで町に出てきたわけではなかった。

祖先は山奥の村で生まれ、両親と幸せに暮らしていた。ただ、オサキモチだった。愚かにも、そのことを隠さずに暮らしていた。

ある年、村が干魃《かんばつ》に襲われた。ひどい日照《ひで》りが続いたという。オサキは、そのころも生きていた。妖といっても寿命はさまざまで、人間と変わらぬものもいるようだが、オサキは百年や二百年では死ななかった。昔のことも、ちゃんとおぼえていた。

――一滴の雨も降らなかったねえ。ケケケッ。

今よりも生きることが難しかった時代のことで、たくさんの人間が死んだ。年寄りも子どもも、赤ん坊も死んでしまった。野辺送りが間に合わないほどの死者が出たようだ。

――おいらたちのせいにされたねえ。

昨日のことのように、オサキは話してくれた。だから周吉は、自分の祖先が受けた仕打ちを知っている。村八分にされて、それでも雨が降らない日が続くと、村人たちが家にやって来た。

「村から出て行け」

そう脅されたのだった。そして、村人たちは両親を殺した。周吉の祖先は、オサキモチであるがゆえに故郷を追われた。

一世紀半後、歴史は繰り返す。周吉は、生まれ育った本所深川にいられなくなった。親を殺されたのも一緒だった。

──何も変わっていないねえ。

オサキの言うとおりだ。時代が流れようと、オサキモチは疎まれる。親《ちか》しい人間も巻き込まれる。近くに住んでいたというだけで火事に巻き込まれた。周吉のそばにいるだけで被害に遭ったのだ。

他人とかかわらずに生きていくつもりでいる。未緒とも二度と会わないつもりだった。

それなのに来てしまった。未緒の歌う『恋はやさし野辺の花よ』が、母の記憶と重なったせいだ。

母には、たくさんの思い出をもらった。いつだって周吉のことを心配していた。ときどき、からかうようなことも言った。

周吉がどんな人と結婚するのか、考えることがあるの。

どんな人を好きになるのかなって。

きっと素敵な人なんだろうなって。

自分が長くは生きられないと思っていたようだ。我が子の結婚相手を見つけるのは親の役目だから、あるいは未緒の親と約束することもあったのかもしれない、と少しだけ考えた。

仮にそうだとしても——母の望んだことだとしても、未緒と結婚するつもりはなかった。自分の代でオサキモチの家系を終わりにするという意思は固い。誰とも添うことなく死んでいくつもりでいる。

それでも放っておけなかった。幻灯機に映し出された姿を見て、『恋はやさし野辺の花よ』を歌う姿を見て、いても立ってもいられなくなった。

ここで周吉が暴れたら、また噂になるかもしれない。小石川どころか、東京にさえいられなくなるかもしれない。

——今度は、どこに行くんだろうねえ。食べ物の美味しいところがいいねえ。ケケケッ。

オサキが言っていた。一人でも、独りぼっちではないんだ。どこへ流れていこうと、きっと寂しくはない。オサキが一緒だから。きっと、妖たちも一緒について来てくれるから。

――ギギギッ！

鉄鼠が錆びた声を響かせた。新たに手下を呼んだようだ。またしても、闇の奥から化け鼠たちが集まってきた。紙人形が倒した以上の化け鼠たちが、久我山邸の庭を埋め尽くした。

――これじゃあ、キリがないわ。

小桜が悲鳴を上げるように言った。だが、オサキは動じない。文忠の腹に乗ったまま、呟くように言った。

――キリはあるねえ。この世に、終わりのないものなんてないねえ。

「その通りだ」

周吉は呟き、目をつむった。鉄鼠や化け鼠たちに囲まれているのに、自らの視界を閉ざしたのだった。

「し……死ぬつもりなのか……」

そう言ったのは、文忠だ。肋骨の折れた身体にオサキを乗せて、周吉と鉄鼠、化け鼠を見ている。声が震えている。周吉が観念したと思ったようだ。

――死ぬのは周吉じゃないねえ。ケケケッ

オサキが邪悪に笑った。これから何が起こるのか、妖狐は知っていた。

○

静かな時間が流れた。周吉は目を開けず、鉄鼠も化け鼠も動かない。いや、動けないのかもしれない。

やがて、周吉の目が開いた。文忠がふたたび怯えた声を出す。

「な、なんだ、あの目は……」

眼球の色が変わっていた。黒かったはずの周吉の眼球が、水銀色に光っている。獣の目のように、闇の中で輝いていた。

――〝妖狐の眼〟だねえ。

オサキの声が聞こえた。周吉が展開しようとしている術の名前だろうか。その威力は凄《すさ》まじかった。

虐殺が音もなく始まった。

ふいに、錆びた釘。

数え切れないほどの――何万本もの錆びた釘が、雨のように降ってきた。正確に化け鼠たちの身体を貫き、地面に突き刺さった。

悲鳴さえも上がらなかった。

化け鼠たちの身体が砕け散り、一瞬で消えた。地面に突き刺さった錆びた釘も消えている。痕跡さえ残っていなかった。

これは、現実なのだろうか。悪い夢を見たような気分だ。最初から、化け鼠も錆びた釘も存在していなかったように思えてくる。

「これがオサキモチ……」

呆けたように文忠が呟いた。ここまで強い力を持っていると思っていなかったのだろう。

だが、その力が――〝妖狐の眼〟が効かなかったものがいる。この世から消えなかったものがいる。

――ギギギッ。

おぞましい声が響いた。鉄鼠がそこにいた。目を赤く光らせて、牙を剝き出しにしている。

錆びた釘を浴びたはずなのに、まったくの無傷だった。硬い体毛と皮膚が、錆びた釘を弾き返したのだろうか。

――ギギッ！

鉄鼠が吠《ほ》えるように鳴いた。赤い目を吊《つ》り上げ、くわえていた男雛を吐き出した。そして、周吉に向かって突進を始めた。図体が大きいのに動きが速く、まるで列車のようだった。

文明開化とともに、江戸時代にはいなかった妖が現れるようになった。その一つに、「偽汽車」もしくは「幽霊機関車」と呼ばれるものがある。存在しないはずの列車が走るというのだ。

新聞やラジオで取り上げられていたらしく、使用人たちが話してくれた。陰陽師の家で働いていることもあって、怪異に興味があるらしく詳しかった。新聞記事を見せてもらったこともあった。

狐や狸が化けたものという説もあるが、正体は鉄鼠だったのではなかろうか。そう思ってしまうほど列車に似ていた。何もかもを薙ぎ払って進んでいきそうだった。

「周吉さんっ！」

未緒は悲鳴を上げた。いくらオサキモチでも列車には敵わないと思ったのだ。鉄鼠は、鉄のかたまりが大鼠になったようなものだ。どんな攻撃も跳ね返してしまう。しかも、恐ろしい牙を持っている。

周吉が殺されてしまう。鉄鼠に食われてしまう。未緒は駆け寄ろうとしたが、ふたつの声に止められた。

――心配しなくても大丈夫よ。

――危ないから近づかないほうがいいねえ。

「にゃん」

クロスケが同意するように鳴いた。未緒が視線を向けると、小桜とオサキだけでなく、臆病な黒ちび猫までが落ち着いていた。誰も周吉を心配していなかったが、その理由を問う暇はない。すでに鉄鼠は周吉の目前に迫っている。前足の爪で周吉を殺しにかかった。

「周吉さんっ！」

未緒が悲鳴を上げたとき、周吉が跳躍した。毒牙にかかる寸前のところで、鉄鼠の攻撃を躱《かわ》したのだった。だが、完全に躱しきれなかったらしく、トンビが爪に引き裂かれた。

――もったいないねえ。

オサキは、のんきだった。外套《がいとう》の心配をしている。一方、鉄鼠はトンビを引き裂いただけでは満足していない。

——ギギッ！

ガラスに爪を立てるような声を上げ、速度を増して突進してきた。しかし、周吉の身体に触れることさえできなかった。

ふたたび周吉が宙に舞ったのだった。先刻よりずっと高く、しかも、ふわりと浮いたように見えた。体重を感じさせない跳躍だった。

そして空中で静止し、あの法文を唱え始めた。周吉の祖先が、太夫から授けられたという術だ。

式王子　是日本・唐土・天竺　三ヶ朝　潮境に　雪津島・寺子島　みゆき弁才王とて　王こそひとり　育ち上がらせ給ふた　弁才王の妃……

その声に呼ばれるのを待っていたかのように、憑きもの落としの式王子がひらひらと飛んできた。夜空の向こうで出番を待っていたのだろうか。さっきと同じ紙の刀を持っている。刀を振り回しながら舞っていた。鉄鼠を斬るつもりなのだ。

小桜やオサキは大丈夫だと言っていたが、未緒は嫌な予感に襲われていた。周吉の力は本物だが、鉄鼠の妖気は邪悪すぎる。殺し合いとなれば、鉄鼠の力が勝っているように思えたのだ。

（大丈夫。周吉さんなら大丈夫）

自分に言い聞かせたが、不安な気持ちは消えなかった。そんな未練をよそに、紙人形が鉄鼠に斬りかかった。肉眼で追うのが難しいほどの速度だった。金属と金属がぶつかり合うような音が聞こえた。

キンッ！　キンッ！

憑きもの落としの式王子の刀が、鉄鼠にぶつかった。しかし、斬れなかった。撥ね返されて、ふたたび夜空に舞った。体勢を立て直そうとしたのだろうが、鉄鼠はそれを許さなかった。

――ギッ。

列車を思わせる重い身体が跳躍した。しかも紙人形を追いかけたのではない。鉄鼠の狙いは周吉だ。

あっという間に浮かんでいる周吉の間合いに入ると、前足で横殴りにした。周吉は躱そうとしたが、鉄鼠の動きのほうが速い。横っ腹に張り手のような一撃を食らい、周吉の身体が吹き飛んだ。久我山家の塀に激突し、そのまま動かなくなった。鉄鼠が爪を出していなかったのは幸いだが、強烈な一撃をもろに食らっている。しばらく立てそうになかった。

鉄鼠が着地し、未緒を見て耳障りに鳴いた。

――ギギギッ。

声を聞いただけで、鉄鼠の考えていることが伝わってきた。動けなくなった周吉を放置して、未緒を食らうつもりだ。

一瞬の出来事だった。鉄鼠が走り出したと思ったときには、もう目の前にいた。鉄鼠の牙がすぐそこにあった。嫌な予感は当たっていた。周吉は倒され、未緒は食われようとしている。

だが、そのとき、周吉の声が耳に届いた。深手《ふかで》を負ったとは思えない穏やかな声だった。

「力を貸してください」

そして、不思議なことが起こった。まず、急に時間の進み方が遅くなった。動きの速いはずの鉄鼠が止まって見える。この世のすべてが動きを止めたように思えた。

それから、老人の声が聞こえてきた。しわがれた声が、周吉に話しかけている。

――手代どののご子孫か。手代どのには世話になった。それがしの力でよければ、存分に使うがよい。

侍言葉のように聞こえた。大正の御代《みよ》では聞かない言葉遣いだ。

――お江戸の剣術使いだよ。懐かしいねえ。ケケケッ。

オサキの時間は止まっていないようだ。嬉しそうに笑っている。昔の馴染《なじ》みに会ったような反応だった。

質問する暇はなかった。

止まっていた時間が動き始めた。

未緒の目の前で、紙人形がぐにゃり、と形を変えた。細身の刀に変化したのだった。反りのある古刀のようだが、刃《やいば》は研ぎ澄まされていて曇り一つなかった。もう紙には見えない。

深手を負っていたはずの周吉が立ち上がり、その刀を手に取った。ぎらりぎらりと刃を光らせて鉄鼠に斬りかかったのだった。錆びた釘さえ撥ね返した鉄鼠を斬ろうというのか。

――ギギギギッ！

鉄鼠の標的が周吉に戻った。大口を開けている。刀ごと周吉を呑み込むつもりでいるようだ。

——逃げないなんて、鼠さんはバカだねえ。

——本当ね。

オサキと小桜が言葉を交わしたとき、未緒の目に幻影が映った。周吉の姿に重なるように、真っ白な髪の毛をばらりと伸ばした老人がいた。手足が蜘蛛《くも》のように長く、江戸時代の浪人が着るような着流しを纏っている。

オサキや小桜には、この老人の姿がずっと見えていたのかもしれない。古《いにしえ》の剣士を思わせる佇まいだった。

また声が聞こえた。老人——お江戸の剣術使いの声だ。

柳生新陰流奥義、夜烏《よがらす》。

刃が走った。

未緒に見えたのは、それだけだった。光の筋を残して、周吉が足を止めた。刀を腰に差したような姿勢を取っている。

しばらく誰も動かなかった。周吉も鉄鼠も動きを止めている。時間が止まったわけではないのに、誰も口を開かない。オサキや文忠でさえ黙っていた。

わずか数秒間のことだろうが、永遠とも思える長い時間に感じた。刀を腰に差した周吉の立ち姿が凜々《りり》しくて、今が江戸なのか大正なのかわからなくなりそうだった。

そんな中、沈黙に耐えられなくなったように、クロスケが息を吐くようにそっと鳴いた。

「……にゃん」

たったそれだけの音だ。咳《せき》をするより小さな声だったのに、鉄鼠の身体が真っ二つになった。縦半分に斬られている。

「にゃんっ⁉」

クロスケが驚いている。オサキや小桜ほど、お江戸の剣術使いとやらのことを知らないようだ。

「蜘蛛《くも》ノ介《のすけ》さま、ありがとうございました」

周吉が呟くように言った。すでに老剣士の気配は消えている。一方、斬られた鉄鼠は、地面に倒れることさえ許されなかった。鉄のように硬いはずの身体が、ぼろぼろと崩れ始めた。

剣術で斬られた上に、憑きもの落としの式王子の呪《じゅ》を浴びたのだから、当然なのかもしれない。鉄鼠の身体は灰のようになり、やがて風に飛ばされた。

あとには、何も残らなかった。

いつの間にか、周吉の手から刀も消えていた。鉄鼠にやられた傷も癒えていた。

第四章　恋はやさし

——……オサキモチどの、お願いがある。

足もとから声が聞こえた。視線を向けると、男雛が転がっていた。正確には、男雛だったものの残骸だ。もはや人形の態《てい》をなしていなかった。

鉄鼠に胴体を食いちぎられ、辛うじて頭と肩が残っているだけだ。未緒では感じ取れないくらいに、男雛の妖気が弱くなっている。この世から消える寸前なのかもしれない。

不滅の命がないように、妖でも痛みや苦しさを感じる。ましてや、男雛は人間に似せて作られた人形。普通の妖よりも感覚は人間に近いはずだ。妖でなくとも、涙を流す人形や髪の伸びる人形は存在する。魂が宿りやすいとも言われていた。

苦しそうに息を吐きながら、男雛は周吉に話し続ける。

——予の頼みを……聞いてくれぬか……。

「頼み？　それは――」

周吉は問い返そうとするが、邪魔をするものがいた。

――頼みなんて聞くわけないねえ。

オサキであった。文忠の身体から飛び跳ねて、周吉の肩に乗った。自分が頼まれたわけでもないのに、大威張りで男雛に返事をするのだった。

――お未緒は、周吉のお嫁さんだよ。そのお未緒をいじめたんだから、覚悟したほうがいいねえ。ケケケッ。

バラバラになった男雛を脅しつけて、楽しそうに笑っている。ある意味、鉄鼠よりもオサキのほうが邪悪であった。だが、今回にかぎっては同意する声が上がった。

――そうね。間違ってないわね。お未緒を殺そうとしたんだから。

「にゃん」

小桜とクロスケが頷いている。その通りだった。あのとき、小桜が現れなかったら、随身たちの矢に射られて未緒は殺されていただろう。弟の清孝を蔵に取り込んだことも忘れていない。

――放っておきなさいよ。

――さっさと帰ったほうがいいねえ。

「そうだねえ……」

曖昧に頷きはしたものの、考え込む顔をしている。しかも、ちゃんと間合いを取っていた。

男雛が悪妖怪ならば、バラバラになりかかった状態から襲いかかって来る可能性もある。首だけになっても動く妖は、ごまんといた。人ではないものを相手に油断は禁物だった。

「でも……」

未緒は呟く。どうしても腑《ふ》に落ちないことがあった。雛人形の妖たちが、未緒にやろうとしたことだ。

——娘。そのほうの血をもらう。

男雛はそう言ったけれど、なぜ未緒の血を欲したのかわからない。人を食らい、生き血を啜る妖もいるが、男雛はその類の妖には見えなかった。ちゃんと話が通じた。鉄鼠に襲われたときには、身代わりになってくれた。バラバラになったのは、未緒を助けようとしたからだ。

男雛には、きっと事情がある。どうしようもない何かがあるのだ。未緒は周吉に頭を下げた。

「わたしからもお願いします。男雛さんの話を聞いてあげてください」

例によって、オサキが口を挟む。わざとらしいほど大仰《おおぎょう》にため息をつきながら言った。

——おいら、もう疲れちまったよ。

周吉の肩の上で、精も根も尽き果てたという顔をしている。しゅんとした感じで、しっぽまで落として見せた。

——あんたが何をやったのよ。

「にゃん」

すかさず小桜とクロスケが突っ込んだ。臆病な黒ちび猫も、オサキには容赦がなかった。だが、これくらいの突っ込みにめげるオサキではなかった。

——いろいろ、やったねえ。文忠さんも退治したねえ。

胸を張っている。父を怪我させたのは鉄鼠だったと思うが、それを指摘することさえ面倒くさいらしく、小桜とクロスケは突っ込むのをやめた。相手をするだけ無駄だと思ったのかもしれない。

周吉もオサキの相手をせずに、男雛に問いかけた。

「頼み事って何だい」

話を聞くことにしたようだ。周吉は恐ろしい力を持っているが、決して乱暴な男ではない。妖にも優しかった。未緒にも、優しい。その優しさに救われた。

……かたじけない。

男雛が礼を言ったけれど、さっきよりも声が小さくなっていた。もう限界なのかもしれない。話すことさえ辛そうだった。人間ならば身体を食いちぎられた瞬間に、即死している。

――それ以上話しては、お身体が持ちませぬぞ。

そう言ったのは、赤の随身だ。彼だけではなく、いつの間にか雛人形の妖たちが集まってきていた。口々に、男雛に声をかける。

――若、ご無理なされるな。

――話してはなりませぬぞ。

――お休みくだされ。

心配しているのは、雛人形の妖たちだけではなかった。蔵の中から、異形の妖たちがこっちを見ている。落ち武者の他にも、瀬戸物や草履、唐傘、屏風《びょうぶ》の付喪神などがいた。

――ねえ、休んで。

――若さま、大丈夫?

――死なないで。

――若さま、若さま……。

もずやの妖を見てもわかることだが、付喪神は穏やかな性質のものも多い。落ち武者はともかく、瀬戸物や草履、唐傘、屏風のような日常生活の器物の付喪神は血なまぐさいことを嫌うはずだ。争いに巻き込まれないように、今まで隠れていたのだろう。

――……話をさせてくれ。もう……時間がない……。

男雛が言うと、蔵の付喪神たちは口を閉じた。男雛のこの世での生が終わりかけていることを察しているのだ。

妖は、人間の何倍も生きる。その分、悲しい別れもたくさん経験している。その悲しみに耐えながら、長い歳月をすごしている。

――オサキモチどの……。く……蔵の奥に来てくれぬか……。

男雛の言葉に、周吉が頷いた。

「わかった。一緒に行こう」

どこまでも優しい。動けなくなった男雛をそっと抱き上げて、蔵の中に入っていく。誰も止めなかった。雛人形の妖も付喪神たちも何も言わずに、周吉の後ろを歩き出した。一緒に蔵の奥に行くつもりのようだ。

――おいら、早く帰りたいねえ。もう寝る時間だよ。

オサキは文句を言っているが、周吉の肩から降りようとしない。最後まで見届けるつもりのようだ。

――しょうがないわね。

「にゃん」

小桜とクロスケまでがついていく。周吉と行動をともにすることを当然だと思っているようだ。そこには、家族のような信頼感があった。

未緒はどうしていいのかわからない。一緒に行きたい気持ちもあったけれど、足手まといにはなりたくなかった。男雛が鉄鼠の餌食になったのは、自分のせいだという思いがあった。

――もう怖いことは起こらないと思うねえ。

オサキが声をかけてきた。周吉の肩に乗ったまま振り返りもしないけれど、未緒に言っていることは明らかだった。

もずやの誰もが、居場所のなかった未緒に優しくしてくれる。幸せになれないと思い込んでいた自分に手を差し伸べてくれる。

そして、声をかけてきたのはオサキだけではなかった。

――娘……。いや、お未緒……。そ……そなたも来てくれぬか……。

男雛《こ》が請うように言った。未緒に見せたいものがあるようだ。蔵の外では、文忠や美津江、清孝が倒れたままだが、オサキの言うことを信じれば、もう何も起こらない。ちょっとの間なら目を離しても大丈夫だろう。

「はい」

自分の意思で返事をし、周吉たちと一緒に行くことにした。こうして、ふたたび、蔵の中に入ったのだった。

○

最後の物語は、湿った蔵の中で始まった。扉がなくなっても、埃のにおいは残っていた。蔵そのものに染みついているのかもしれない。

周吉の後を追うように歩いていくと、蔵の奥に辿り着いた。そこには、屏風が置いてあった。闇に紛れるような暗色の屏風だった。

わざと目立たないように置いてあるふうでもあった。何かが隠れているとしか思えないけれど、屏風の向こう側から妖気は感じられなかった。この先には、たぶん妖はいない。

——あ……灯りを……。

男雛の命令を受けて、黒の随身が進み出た。一礼するように頭を下げて、屏風の陰に隠れた数秒後、ほんのりと明るくなった。その光は柔らかで、和紙を通したようだった。初めて蔵に入ったときに、こんな灯りを目にしている。屏風の向こう側に雪洞が置いてあるのだ。

——こっちに何かあるみたいだねえ。

オサキが周吉の肩から飛び降り、ちょこまかと屏風の向こう側に歩いていった。男雛も雛人形の妖たちも、オサキを咎めなかった。

やがてオサキが屏風から顔を出し、報告するように声を上げた。

——お人形さんが寝てるよ。

その言葉を聞いただけで、何が隠されていたのかがわかった。ずっと気にかかっていた違和感の正体がそこにあるのだ。

「やっぱり」

周吉は呟き、オサキのいるほうに足を進めた。未緒や他の妖たちも、それに倣《なら》った。

すると、屏風の陰に隠すようにして一体の雛人形が寝かされていた。

その人形は、大勢が近づいてきたのに、ぴくりとも動かなかった。美しい顔で横たわっている。付喪神ではないようだ。

「女雛だね」

周吉が問うと、男雛が答えた。

――そ……そうだ。予の……姫だ……。

三人官女や五人囃子、随身のいない雛飾りはあっても、男雛と女雛は絶対に必要だ。なくてはならない一対の人形の片方が、ずっと見当たらなかったのだ。その答えが、ここにあった。

――死んじゃったのかねえ。

オサキが遠慮なく聞いた。オサキのように口には出せなかったけれど、未緒も同じように感じた。

横たわる女雛は何も話さず、命を奪われた人形に見えた。他の雛人形たちと違い、魂を持っていないように見える。

――……わからぬ……のだ……。

男雛の声は小さかった。どうしようもなく小さかった。耳を澄ましていないと、聞き逃してしまいそうだ。その声のまま周吉に願う。

――オ……オサキモチど……の……。ひ……姫を……助けてくれぬか……。

「助ける？」

周吉は問い返した。途方に暮れた顔をしている。何を頼まれているのか、わからないのかもしれない。

――そ……そうだ……。姫……を助けて……くれ……。

最後の力を振り絞るようにして、男雛は話し始めた。それは、男雛と女雛の穏やかな恋の物語だった。

○

形影相伴《けいえいあいともな》うという言葉は、男雛と女雛のためにあるのかもしれない。

付喪神になるずっと前から――雛人形として作り出されたときから、ふたりは一緒だった。常に一組として扱われていた。男雛だけの雛人形も、女雛だけの雛人形もあり得ない。

長い歳月に晒されているうちに忘れてしまったことも多いけれど、ちゃんとおぼえていることもある。ただの人形だったころから、女雛から離れたことはなかった。もともとは、静《しず》という娘の家にいた。生まれたばかりの少女のために、親か祖父母が雛人形を用意したのだろう。初めて並べられたとき、静はまだ赤ん坊だった。

静が幸せになれますように。

よい人と結婚できますように。

雛人形飾りは、結婚式の場面を表現したものだ。将来、幸せな結婚をして欲しいという願いが込められている。

賑やかで笑いの絶えない家だった。静は健やかに育った。幸せになれることは間違いないように思えた。

人の成長は早い。幼かった少女は大人になり、いつの間にか老婆になった。静は一度も結婚をせず、両親が死んだ後は一人で暮らしていた。人間の事情はわからないけれど、ずっと一人だった。静は独りぼっちで生きていた。

両親と暮らした家は古び、人間の声は消えた。もちろん笑い声も聞こえない。ときどき、ラジオの音が鳴った。音楽が流れることが多かった。

静は年老いても、自分たち雛人形を大切にしてくれた。処分することなく、家に置いてくれた。

「今年も、あなたたちと会えて嬉しいわ」

毎年三月三日になると、そう言いながら綺麗に飾ってくれる。そっと雛人形たちの頭を撫でてくれることもあった。

そんなある日、雛祭りの時期でもないのに、雛人形を飾った。丁寧に並べ、言葉をかけてきた。

「一緒にいてくれて、ありがとう。わたしと一緒にいてくれて、ありがとうね」

それが別れの言葉になった。翌朝、静は布団から起き上がらなかった。その翌日も、そのまた翌日も起き上がらなかった。

人形でも、人の死はわかる。静は死んでしまった。老婆になった少女は、雛人形に見送られて旅立っていった。最後まで一人きりだった。結婚できなかった。幸せにはなれなかったのだ、と雛人形は思った。

家には、誰もいない。ラジオの音が聞こえることもない。雛人形を大切にしてくれる人間はいない。けれど、死んでしまった静の顔は、眠っているように安らかだった。

雛人形たちは、その安らかな顔を見ていた。ただ、じっと見ていた。ずっと見ていた。

その後のことはおぼえていない。静やあの家がどうなったのかも知らない。気づいたときには妖となり、この蔵にいた。

蔵に押し込められてから魂が宿り、自由に動けるようになった。ただの人形だったころより深く考えることができる。仲間やそれ以外の妖と話すこともできるようになった。

蔵には、落ち武者や瀬戸物や草履、唐傘、屏風の付喪神たちがいた。話を聞いているうちに、ここが無力な陰陽師の屋敷の蔵だとわかった。少女を幸せにできなかった雛人形として、人間たちに疎まれたようだ。

静が結婚できなかったのは事実だが、この扱いは納得できない。男雛は、陰陽師に腹を立てた。

――うつけ者が。

雛人形としての役目が終わったのなら、しかるべき方法で人形供養なりをするのが筋というものだ。寺に持ち込めば済む話だ。

それなのに、こんな真似をされては成仏できるものもできなくなってしまう。人間を恨めと言っているようなものだ。

この蔵の持ち主の陰陽師は無力なだけでなく、何もわかっていない。人形や器物への敬意も感じられない。

蔵を破ることもできたが、そうしなかったのは女雛に諭されたからだ。

――ここで静かに暮らしましょう。

大切にしてもらえたのだから、最期の瞬間に飾ってもらえたのだから、人間を恨むことはない。彼女はそう言った。このときは、他の雛人形と同様にしゃべることができた。ちゃんと生きていた。

人間を見守る役目は終わった。あとは静かに暮らせばいい。いずれ自分たちもこの世を去るときが来るだろう。妖になろうと、永遠に存在できるわけではない。妖にも寿命がある。

雛人形たちを愛してくれた静とあの世で会える日まで、この蔵で時を送ろう。女雛はそう言った。

――皆で静の冥福を祈りましょう。

その言葉が、優しかった少女との思い出が、男雛の怒りを消した。無力な陰陽師に腹を立てても仕方がない、と思うことができた。

こんなふうに仲間たちとの暮らしが始まった。人目につくことなく、蔵の中でひっそりと暮らした。

蔵の中には、雛人形以外の仲間――付喪神たちがいたが、人を食らうような悪妖怪はいなかった。落ち武者のように力の強いものもいたけれど、人に仇《あだ》をなそうとは考えていない。人間たちが勝手に騒ぐだけだ。例えば、妖力の宿っていないただの人形を「呪いの人形だ！」と決めつけることは多い。縁起が悪いことが起こると、妖や幽霊のしわざにする。

そもそもの話として、妖たちに悪意があったのなら、この家の陰陽師ごときの手に負えなかっただろう。蔵に放り込まれる前に陰陽師を殺せばいいだけの話だし、また、この程度の蔵を破ることのできる妖はいくらでもいる。

女雛が隣にいてくれるだけで、男雛は満たされていた。愛するものがそばにいる暮らしは幸せだった。

あの世に行ってしまった静が安らかであることを、雛人形たちは祈った。静を知らぬ蔵の妖たちも、一緒に彼女の冥福を願ってくれた。

ゆっくりと時間は流れていく。蔵の外には出なかったけれど、退屈はしなかった。女雛の他にも、三人官女や五人囃子、随身がいたからだ。蔵の付喪神たちとも仲よく暮らした。

蔵にやって来てから、長い月日が経った。人の暦はわからないが、子どもが大人になるほどの時間がすぎたと思う。あるとき、女雛に呼ばれた。そして静かな声で告げられた。

――お別れのときが来たようです。

最初は、冗談を言っているのだと思った。つまらないことを言うような女雛ではなかったが、唐突すぎるし、傷を負っている様子もなかったからだ。また、苦しんでいる素振りもない。

けれど冗談ではなかった。女雛は三つ指をつき、穏やかに言葉を続けた。

――若さまと暮らせて幸せでした。雛人形に生まれて幸せでした。どうか先立つことをお許しください。あの世とやらにいる静のもとに参ります。

男雛は慌てた。

――ならぬ……。ならぬぞ、姫！

大声で叫んだ。女雛のそばに行ったが、すでに終わっていた。頭を下げた格好のまま、女雛は動かなくなっていた。いつの間にか気配が消えている。ただの人形に戻っていた。

○

永遠に存在するものなど、この世にはない。

妖だろうと、その時が来れば消えていく。宿っている器物が壊れてしまえば、付喪神とて現世に留まることはできない。

また、成仏することもある。そのあたりは幽霊と一緒だ。この世に未練がなくなれば、あの世に旅立っていく。

女雛の身体にはひび一つ入っていなかった。最後に挨拶に来たときの様子からもわかるように、成仏したのだと思う。もともと女雛は悟りを開いているようなところがあった。静が結婚できなかったことを悔やんでいる男雛たちと違って、静には静の幸せがあったと思っているようだった。

今になって思えば、いつ成仏しても不思議ではなかった。人が死ぬ時期を選べないように、いつ成仏するかはわからないものだ。

そこまでわかっていた。わかっていたけれど、別れに耐えられなかった。女雛を失いたくなかった。

——戻ってきてくれ……。

動かなくなった女雛に願った。成仏した魂を呼び戻したかった。それは、理《ことわり》に反することだ。あの世に行ったものは帰ってこない。

蔵の奥に仕舞われていた禁書を見つけたのは、そんなときだった。たまたま目についた。理に反する男雛の言葉が呼び寄せてしまったのかもしれない。

男雛は、人間の言葉を読むことができる。書物を目にしたとたん、禍々しい気配も感じた。触れてはならない禁術が書かれていると、すぐにわかった。

禁書は滅することが難しく、手に取るだけで呪われることさえある。蔵の奥に隠すように仕舞われていたのは、誰の目にも触れないようにするためだろう。妖にとっても、危険なものだった。

それにもかかわらず禁書を手に取ったのは、どうしようもなく追い詰められていたからだ。女雛がいなくなる恐怖と孤独に耐えられなかった。

――若、その書物は危のうございます。

――わかっておる。

警護の随身が止めるのも聞かずにページをめくった。そして見つけた。

滅んだ妖を現世に呼び戻す術

まさに禁術だった。若い娘の生き血を与えれば、この世に戻ってくる。そう記されていた。そのための呪文も載っていた。

随身たちがざわめいた。彼らも文字を読むことができる。男雛ほどではないが、文学の素養もあった。貴族を模して作られたからだろう。

——これは真でございましょうか。

——あり得ぬ話ではない。

答えた声は、自分のものとは思えないくらい冷たかった。人間の生き血を与えているところを想像していたのだ。

西洋の吸血鬼を例に挙げるまでもなく、人の血には特殊な力があると知っていたからだ。獣や器物が人の血を浴びて、妖になることさえあった。例えば、化け猫がそうだ。鍋島《なべしま》の化け猫騒動は有名だろう。自害した飼い主の血を舐めた猫が、飼い主の無念を晴らそうと暗躍する話だ。飼い猫は、女に化ける妖力まで身につける。

蔵の外に出れば、若い娘はいくらでも歩いている。随身に命じて弓矢で仕留めてもらってもいいし、腕力のある落ち武者にさらわせてもいい。五人囃子の奏でる音楽で蔵に誘い込むことも可能だった。

――しかし……。

男雛は思い切れない。悪妖怪でないのだから、人を襲うことに抵抗があるのは当然だ。随身や落ち武者、五人囃子に命じるのも躊躇われた。

そんなとき、無力な陰陽師の倅《せがれ》――清孝という小僧が蔵に近づいてきた。母屋の騒ぎは、蔵の中まで聞こえていた。だから、おおよその事情は把握している。蔵の妖を持てあまし、憑きもの落としの式王子を手に入れようと、娘をオサキモチの家に嫁にやったという。三流の陰陽師の考えそうなことだ。誇りの欠片も感じられない。

男雛は腹が立っていた。女雛がいなくなったことへの苛立《いらだ》ちもあっただろう。いつもなら相手にしないのだが、このときばかりは放っておけなかった。

清孝がさらに喚いた。

「開け!!」

術でも何でもない発声だったが、言う通りに蔵を開けてやった。それから、暗がりに潜んでいた落ち武者に命じ、小僧を蔵の中に引っ張り込んだ。

騒ぎが大きくなった。オサキモチがこの家の娘と本当に結婚したなら、清孝に手を出したことに腹を立てて、蔵に乗り込んで来るかもしれない。

東京に棲む妖ならば、オサキモチのことも、憑きもの落としの式王子のことも知っている。オサキの他にも、多くの妖たちを従えている。

――我らの敵う相手ではありませぬ。

――オサキモチが来る前に逃げましょう。

随身たちは言った。彼らの役目は、男雛や女雛を守ることで、敵と戦うことではなかった。

――待て。様子を見てからだ。

男雛は断を下した。オサキモチが、三流の陰陽師の計略にはまるとは思えなかったのだ。

逃げるのは難しくない。雛飾りには付きものの牛車や御駕籠《おかご》がある。そこに女雛を乗せて蔵を脱出すればいい。

けれど、動くことのできない女雛を連れて逃げることにも躊躇いがあった。この蔵にいれば夜露をしのぐことはできるが、ここから逃げ出したなら、野宿をしなければならないこともあるだろう。雛人形は湿気や直射日光に弱い。妖でなくなった女雛が耐えられるとは思えなかった。虫が湧きかねないし、それこそ壊してしまいかねない。

そうして息を潜めていると、娘の声が聞こえてきた。

「お願いです……。弟を返してください。清孝を外に出してください」

オサキモチは来なかったようだ。その代わり、蔵の前に陰陽師の娘がいた。父親やその息子と違い、妖を見ることができる。

扉を挟んでいても、強い力を感じた。陰陽師の血を受け継いでいるのは、父親でも息子でもなく、この娘だとわかった。だが何の修行もしていないらしく、その力を使えずにいる。

弟を返してくれと言っているが、もともと小僧には興味がない。うるさいから脅かしてやっただけだ。何の能力も持っていない子どもを殺すつもりはなかった。父親にしても陰陽師を名乗りながら、妖を見る能力すら持っていない。この程度の親子なら放っておいても支障はなかろう。

また、オサキモチが現れないのなら、逃げる必要はない。だが、これ以上、騒ぎを大きくするのは得策ではなかった。小僧を蔵の外に投げ返してやろうとしたときだった。ふたたび、娘が声をかけてきた。

「蔵の妖さま、お願いします」

男雛が小僧を害すると思っているのだ。少女の成長を見守る雛人形を悪妖怪扱いしている。

――無礼な娘じゃ。

——妾たちを何だと思っておる。

——許せぬぞ。許せぬぞ。

三人官女が腹を立てている。随身や五人囃子も不快そうだった。今にも娘に抗議を始めそうだ。

男雛は、仲間の雛人形たちに何も言わない。頭の中にあったのは、禁書の文字だった。

滅んだ妖を現世に呼び戻す術

娘の言葉を聞いているうちに、男雛の心は決まった。この娘の生き血を使って女雛を呼び戻そう、と。

——その身を捧げよ。

誇り高き雛人形が、雅《みやび》な男雛が悪妖怪に堕《お》ちた瞬間だった。悪辣《あくらつ》な言葉は止まらない。

——この小僧を助けたくば、蔵に入って来るがよい。さすれば、おまえの願いを叶えてやろう。

何の罪もない娘を贄に選んだのだ。しかも、その娘——未緒は覚悟を決めていたのだった。

静かな声で返事をし、蔵に入ってきた。男雛は、命を差し出せと命じた。日没を待って禁書に書かれていた儀式を行うと宣言した。

「わかりました」

未緒は逃げず、その代わりのように、歌を歌っていいかと聞いてきた。戸惑いながら許すと、娘は歌い出した。昔日の夢の中で聞いたような優しい歌だった。初めて聞く歌なのに、どこか懐かしく思える。

男雛は、静のことを思い出した。

そして女雛のことを思った。

幸せだった日々を——愛《いと》しく思うものたちと一緒に暮らした日々を思わずにはいられない歌だった。

やがて日が落ちた。儀式を行うと宣言した時間だ。

未緒を殺さなければならないのに、男雛の心は昔日にあった。情けない男雛の代わりに、随身たちがおのれの手を汚そうとした。

——覚悟なされよ。

——そなたの血をもらうぞ。

未緒に宣言し、矢を放った。しかし殺せなかった。桜の精霊が現れ、その後、恐ろしい妖力を持つ雷獣が未緒を助けに来た。

男雛は、心のどこかでほっとした。人を殺《あや》めずに済んだことを喜んだのだった。禁書の呪いが解けたような気がした。悪妖怪になる前に、桜の精霊や雷獣に誅《ちゅう》されることを望む気持ちすらあった。女雛のもとに行けると思ったのだ。

だが、無能な陰陽師が台なしにした。蔵から持ち出した禁書を使って、操れもしない鉄鼠を召喚したのだった。化け鼠たちまでが現れた。

鉄鼠は、未緒を襲った。男雛は助けに入った。そんな力など持っていないのに。

○

——……慣れぬ真似を……するものではな……いな……。

男雛が自嘲するように言った。その声は笑っているようでもあったが、顔にもひびが入り、今にも砕けそうだった。もう、しゃべらないほうがいい。

けれど、しゃべるのをやめたところで助かりはしないだろう。この場にいる全員がそのことを知っていた。

――周吉に何を頼むつもりかねえ。

オサキが話を進めた。あれほど面倒くさがっていたくせに、男雛の話をちゃんと聞いている。口は悪いけれど、面倒見のいい妖なのかもしれない。

――また、お末緒の生き血が欲しいって言うつもり？

小桜が口を挟んだ。着物の柄となり一部始終を見ていたから、いまだに男雛たちを警戒していた。

確かに生き血があれば、女雛をこの世に呼び戻すことができる。バラバラになりかけている男雛を助けることもできるのかもしれない。だが、男雛は頷かなかった。

――も……もとには……戻らな……い……。た……助け……ることには……ならぬのだ……。

こんな状態になっても、人間の考えていることがわかるようだ。オサキが返事をする。

――死んじゃったら、もとには戻れないねえ。ケケケッ。

「術を使っても駄目なんですか？」

思わず末緒が問うと、今度は周吉が答えた。

「呼び戻すことができても、もとのままじゃないんだ。別の何かになってしまう。性格も外見も変わってしまうことが多いんだ」

——おっかない化け物になっちまうんだねえ。

未緒の頭に浮かんだのは、おぞましい鉄鼠の姿だった。鉄鼠も、もともとは僧侶だった。

——き……禁書にも……そう……書いて……あった……。

男雛の声はいっそう小さく、そして途切れ途切れになっていた。そのくせ脳に訴えかけてくる。未緒の心に染み込んできた。

——か……帰って……きてく……れれば……、そ……それ……でいい……と思っていた……。

失った時間は二度と帰らない。わかっていたはずなのに、気持ちが納得してくれない。妖にも心があって、その心が現実を拒みたがっていた。

——そな……た……の歌を……聞い……て……気づ……い……た……。

未緒に向けての言葉だった。男雛は続ける。人を殺める悪妖怪としてではなく、人の成長を見守る雛人形として、この世を去りたい。あの世にいる静と雛人形として再会したい、と。

女雛が成仏したのも、そのことに気づいたからなのかもしれない。妖として生きるより、雛人形として静と暮らしたほうがいい、と。

――オ……サキモチ……どの……。

周吉を呼んだ。長い話が終わろうとしていた。そして、男雛の身体も限界だったようだ。頭部が大きくひび割れた。さらに壊れていく。それでも男雛は、周吉への願いを絞り出した。

――よ……予を……あの世に……、あ……あの世に……送って……くれ……ぬか……。妖……では……なく……、ひ……雛……人形として……逝《い》き……たい……。

周吉はすぐに返事をした。

「わかった」

そう言われることを予想していたのかもしれない。静かに、男雛を女雛の隣に横たえた。

――……すまぬ。

男雛が安心したように呟いた。それから、こっちに言葉を投げかけてきた。

――お……お未緒……。こ……こんなことを頼めた……義理ではないが……、そ……そなたのう……歌を……聞かせてくれぬ……か……。

男雛の前で歌ったのは一つだけだ。この世の別れのつもりで歌った『恋はやさし野辺の花よ』のことだろう。

——ひ……姫に……も……聞かせ……て……やり……たい……。ひ……人の世に……は……、こ……んなに……よ……い歌が……あ……るのだと……教え……てやりたい……。

……りたい……。

聞き取りにくいほど掠れているけれど、その声は優しかった。女雛のことを思っているのだろう。

——きっと、もう知っているねえ。

オサキが真面目な顔で言った。適当に言ったようにしか聞こえなかったが、男雛は笑った。幸せそうな笑みを浮かべている。

——そう……かもし……れ……ぬな……。……だ……が……、歌って……欲……しい……の……だ……。

男雛の言葉を聞いて、周吉が未緒の顔を見た。何も言わなかったけれど、何を思っているのかわかった。優しい眼差しが何もかもを語っている。周吉は、この世から消えかかっている雛人形の妖に同情していた。

未緒は周吉に視線で頷き、男雛に返事をした。

「わたしの歌でよければ歌います」

――あ……りが……と……う……。ひ……人の……子……。

こうして、ふたたび『恋はやさし野辺の花よ』を歌い始めた。自分の声なのに、誰かが一緒に歌ってくれている気がした。母やタキ、それから、会ったこともない周吉の母や静、女雛の姿が思い浮かんだ。

どうか、この歌声が男雛に届きますように。

優しい歌を必要としている誰かに届きますように。

上手じゃないかもしれないけれど、心を込めて歌うから。みんなが幸せになるように祈りを込めて歌うから。

そんな未緒の歌声を邪魔しないような小さな声で、男雛が周吉に言った。

――オ……サ……キモ……チ……どの……、た……頼……む……。

さらに声が途切れ途切れになっている。いつ意識がなくなっても不思議のない状態だった。

「わかった」

周吉は頷き、法文を唱え始めた。あるときは恐ろしく、あるときは優しいあの法文を。

式王子　是日本・唐土・天竺　三ヶ朝　潮境に　雪津島・寺子島　みゆき弁才王とて　王こそひとり　育ち上がらせ給ふた　弁才王の妃……

真っ白な紙人形が、蔵の中に舞い込んできた。刀は持っていない。その動きは穏やかで、春の陽気に遊ぶ胡蝶のようにも見えた。

化け鼠や鉄鼠を誅したときの苛烈さは影を潜めている。嫋《たお》やかに飛びながら、ゆっくりと男雛に近づいていく。

――我らもお供いたしますぞ。

――あの世とやらで、静どのに会いましょうぞ。

――姫とも会えますね。

雛人形たちの言葉だ。三人官女、五人囃子、随身たちが男雛のそばに寄り添うように立った。これから起こることがわかっていながら、男雛に近づいたのだ。

魂を宿した付喪神から、物言わぬ雛人形に戻ろうとしている。自分たちを大切にしてくれた静のもとへ向かおうとしていた。

結婚が女の幸せだと言うけれど、ここまで雛人形に思われている静は幸せだ。決して不幸ではなかっただろう。最後に「ありがとう」と言うことのできる人生は、きっと幸せだ。

誰かを思う気持ちは、人間も妖も同じなのかもしれない。未緒も、母に会いたかった。今も会いたい。

母とすごしたのは、わずかな間だけのことで、おぼろげな記憶しか残っていない。けれど、ときがすぎればすぎるほど、思い出は美しく磨かれていく。会いたい思いは募っていく。未緒はその気持ちを歌に込めた。

やがて、紙人形が高く舞い上がった。どこまでも、どこまでも、舞い上がっていく。天井があるはずなのに、夜空が見えた。月が輝き、星たちが瞬いている。光が満ちている。

でも、眩しくはない。雪洞を思わせる柔らかな明るさだった。幼いころに母と見た蛍《ほたる》の光にも似ている。

穏やかな光が落ちてきて、雛人形たちを包んだ。清らかで優しい光だった。雛人形たちが、天使の羽に包まれたように見えた。

その瞬間から、光の束は輝きを増し、未緒の目が眩んだ。急に何も見えなくなった。それでも歌い続けていると、眩しい世界から声が聞こえてきた。

——周吉どの。

男雛が名を呼んだ。オサキモチではなく、周吉どのと言った。しかも、ひび割れていた声が、もとに戻っている。

——かたじけない。そなたにも世話になった。

男雛の声は、穏やかで人間たちへの慈愛に満ちていた。これが本来の声なのだろう。

——皆も礼を言いたいそうだ。

そう続けると、ふいに眩しい光が明るさを減少させた。ふたたび雪洞くらいの明度になり、雛人形たちの姿が見えた。宙に浮かび、光でできた雛壇に飾られていた。

バラバラになりかけていた男雛の身体はもとに戻り、その隣には、美しい女雛が座っている。三人官女や五人囃子、随身も雛壇に並んでいる。誰もが誇らしげな顔をしていた。

ただ、もう何もしゃべらなかった。妖気も消えている。願い通りに、ただの雛人形に——静と一緒に暮らしていたころに戻ったのだろう。

この世の物事には終わりがある。命あるものは死に、形あるものは壊れる。諸行無常——万物は流転し、この世のすべては儚い。一切の形成されたものは無常だ。雛人形たちも生涯を終えようとしていた。

未緒は、『恋はやさし野辺の花よ』を歌い終えた。周吉の唱える法文も終わった。

すると、照明の電源を落としたように光が消えて、雛人形たちが見えなくなった。

もう夜空は見えない。

もう月は見えない。

もう何も光っていない。

蔵の天井がもとに戻り、憑きもの落としの式王子がひらひらと周吉の懐に舞い戻ってきた。

——これでやっと家に帰れるねえ。

オサキが欠伸交じりに呟いた。自分が帰れることを喜んでいるようでもあり、雛人形たちを気にかけているようでもあった。

——そうね。きっと帰ったのよ。

小桜が返事をした。雛人形たちのことを言っているのだ。消えてしまったのではなく、愛する静がいる場所に——自分たちを愛してくれた静がいる場所に帰ったのだと言ったのだろう。

もちろん周吉の術の力だ。人形に戻すだけでなく、雛人形たちの居場所に送ったのだ。

「にゃん」

クロスケが鳴いた。黒ちび猫は、天井を見ている。まるで消えてしまった雛人形たちをさがしているみたいだった。未緒も同じ方向を見ていた。そのまま、じっと見ていた。

終章

事件は終わり、蔵は取り壊されることになった。蔵にいた付喪神たちは、どこかに行ってしまった。雛人形以外の妖も姿を消した。

もずやに居を移したものもいるようだが、未緒は詳しい話を聞いていない。それどころではなかった。文忠が恐れていた事態が起こったのだった。一連の騒動を軍部に知られてしまった。もともと目を付けられていた上に、人間に見える鉄鼠や数え切れないほどの化け鼠どもが暴れたのだから当然なのかもしれない。

周吉たちが帰っていくと、それを待っていたかのように、一人の軍人が久我山邸にやって来た。

「周吉さんがいなかったら、あんたら一家は皆殺しにされてたろうな。いや、あんたら一家だけで済めばいい。鉄鼠なんぞ呼び出しやがって、東京がめちゃくちゃになるところだったぜ。そうなったら、久我山家は朝敵だ」

そう言ったのは、精悍《せいかん》な顔立ちの若い将校だった。二枚目ではあるが、怖い顔をしている。二十五歳くらいだろうか。背が高く、均整の取れた身体つきをしていて、カーキ色の軍服を着ていた。

「花村佐平次《はなむらさへいじ》だ」

軍人は邸《やしき》に来たとき、言葉少なに名乗った。所属や階級を口にしなかったのは、公な訪問ではないからに違いない。迷信嫌いの政府のことだから、妖が現れたなどという話を認めはしないだろう。その証拠のように、部下も連れていなかった。

文忠と美津江だけでなく、なぜか未緒も同席するように言われた。

とにかく遠慮のない男だった。自分より年上の文忠にも遠慮をしない。怪我をしていようとお構いなしに、子どもを叱るように言った。

「使えもしねえ術なんぞ使うんじゃねえ。あんたに陰陽師は無理だ」

父は反論できない。脂汗を滲ませて、じっと黙っていた。相手が身分の高そうな軍人だからということもあろうが、彼の言葉が事実だということを、あの場にいた全員が知っていたからだ。家を潰すどころか、政府や軍に討たれても不思議のない真似をしたのだ。

「大目に見るのは今回だけだ。これからは分をわきまえるんだな」

軍人が釘を刺すように言った。念を押しているようでもあり、最後通告のようでもあった。

「わ……わかった……」

文忠は青ざめた顔で答えた。美津江は、その隣で震え上がっている。清孝は自分の部屋で眠っていた。蔵に引き込まれてから、一度も目を覚ましていなかった。怪我はないようだが、妖気に当てられて意識を失ったままだ。

未緒は軍人の口振りが気になっていた。周吉のことをよく知っているような言い方だったからだ。

周吉が軍部に目を付けられているという噂を聞いていたけれど、この軍人からは敵意が感じられない。むしろ親しげに感じられた。未緒には、それが不思議だった。政府や軍部は、迷信嫌いだ。また、江戸のにおいのするものを目の敵にしている。妖などは、その最たるものだろう。

そんなことを考えていると、軍人がふいに話しかけてきた。

「君が未緒さんだな」

質問ではなく、知っていることを確認しただけのようだった。未緒の返事を待たずに続けた。

「周吉さんとは、先祖代々の付き合いだ。ときどき、小石川のあの店にも顔を出している」

やはり親しい間柄だった。江戸時代からオサキモチの一族とかかわりがあるということは、この軍人も江戸っ子なのだろうか。顔は怖いが、声は優しかった。

だが、その優しさは未緒にしか向けられない。ふたたび、顔色を失っている文忠と美津江を睨みつけた。先刻よりも目つきが鋭い。ただでさえ恐ろしい顔がいっそう怖く見える。

「この家で、未緒さんがどんな仕打ちを受けていたかは知っている。軍人が口出しすることじゃねえけど、改めたほうがいいぜ。おれや周吉さんを敵に回したくなかったらな」

淡々としているが、刃物で刺すような口調だった。花村左平次は腹を立てていた。

「わ……わかった……」

文忠は同じ返事を繰り返した。完全に怯えきっている。美津江もガクガクと首を縦に振った。今にも失神しそうな顔だった。

この軍人も怖いのだろうけれど、周吉を敵に回すことを想像したのかもしれない。化け鼠や鉄鼠を滅したことを知っているのだから当然だ。文忠も美津江も妖を初めて見て、その恐ろしさを知ったのだろう。

「特に夫人。あんただ」

駄目を押すように名指しした。美津江の顔が引き攣《つ》り、ただでさえ血の気のない顔が蒼白《そうはく》になった。

「他人様《ひとさま》の母親を『泥棒猫』なんて呼ぶんじゃねえ。この世には、触れちゃならねえものがある。自分の娘が相手だろうが、やっちゃならねえことがある。他人を傷つけりゃあ、いずれ自分に返ってくる。長生きしてえんなら、おぼえておくんだな」

最後には子どもに言い聞かせるような口調になった。文忠と美津江は、ただ頷くことしかできない。

その翌日、清孝が目を覚ました。心にも身にも傷は負っておらず、蔵の妖のこともおぼえていないようだった。

数日後、文忠は隠居し、清孝が跡を継いだ。ただ、それは形式的な話だ。八歳の子どもに陰陽師家の当主が務まるはずがなく、事実上は文忠が取り仕切っている。

花村左平次に言われて、もう妖退治こそしていないが、家相や先祖の弔《とむら》いなどの相談には乗っている。そのほうが実入りがいいらしく、妖退治をやめて台所は楽になったようだ。皮肉な話だった。

それから、未緒の扱いも変わった。花村左平次が釘を刺してくれたおかげで、使用人以下の扱いを受けることがなくなった。文忠も美津江も、未緒を恐れているふうですらある。

今さらのように縁談が持ち込まれるようになったが、未緒は断っている。見合いの席に座ったこともない。

○

りん、と風鈴の音が聞こえた。その音は遠すぎて、どこで鳴っているのかわからない。

だけど嫌な音ではなかった。十二月も終わろうとしているのに、風鈴の音を聞いても寒々しく感じなかった。心地よく澄んでいる。ずっと聞いていたくなるような音色《ねいろ》だ。

太陽が沈みかけたころの話だ。未緒は、小石川の外れの道を歩いていた。もずやに向かう道だ。

およそ半日前、久我山家を出てきた。追い出されたのではなく、自分の意思で出てきた。二度と帰らないつもりでいる。そのことは、ちゃんと伝えてきた。父や美津江は、ほっとしていた。何も言わなかったけれど、顔を見ればわかる。未緒を疎ましく思っていたのだ。結局、最後まで家族にはなれなかった。

清孝は寂しがっていたが、納得したような顔もしていた。周吉を嫌いではないようだ。

「お姉さま、幸せになってください」

と、言葉をかけられた。何やら勘違いをしている。

前のときみたいに白無垢は着ていないし、周吉は未緒がもずやに向かっていることを知らない。未緒が勝手に行こうとしているだけだ。

こんなふうに押しかけたら、周吉は困った顔をするだろう。帰れと言われるかもしれないが、そのつもりはなかった。追い返されないように、とっておきを用意してきた。

周吉はともかく、あの妖が未緒の味方になってくれるはずだ。これがあれば、追い返されることはないだろう。

未緒は、右手に紙袋を持っている。有名店の紙袋だ。この中に、とっておきが入っている。

——あんぱんを買ってきておくれよ。

オサキの言葉だ。

憑きもの落としの式王子を周吉に借りたときに言われた。冗談とは思えなかった。オサキは、あんぱんを食べたがっていた。

未緒はその言葉をおぼえていて、銀座《ぎんざ》にある木村屋まで行って、あんぱんを求める長い行列に並んだ。

どうにか買うことはできたが、順番待ちをしているうちに夕方になってしまった。それから歩いて来たので、もずやに行くのが遅くなってしまった。夜になろうとしていた。

それでも店じまい前に着いたらしく、看板を片付けようとしている周吉の姿が見えた。相変わらず書生のような格好をしている。その様子はやっぱり優しげで、鉄鼠や化け鼠を退治したオサキモチには見えない。

未緒がもずやにいたときには店を開けていなかったが、花村左平次のように訪ねて来る者があるのかもしれない。周吉を心配する友人がいるのかもしれない。恐ろしい力を持っているけれど、彼は独りぼっちではなかった。

周吉は、まだ未緒に気づいていない。オサキや他の妖たちは店内にいるのか、姿が見えない。クロスケもいなかった。彼だけだ。

また、清孝の言葉を思い出した。幸せになってください、と弟に祝福された。未緒が、もずやに嫁入りすると思っているのだ。

女の幸せは結婚することにある。

誰もがそう言うけれど、未緒は結婚だけが幸せではないことを、結婚しなくとも幸せになれることを知っている。

静が教えてくれた。

雛人形たちが教えてくれた。

ありがとう、と言う相手がいること。できることなら人生の最後に「ありがとう」と言って、この世を去りたい。

その相手が人間じゃなくてもいい。その言葉を口にできるのなら、結婚できなくても不幸ではない。

「ありがとうございました」

まず、周吉に伝えよう。着物や紙人形を貸してくれたこと。鉄鼠や化け鼠に殺されそうになったときに助けに来てくれたこと。雛人形たちを成仏させてくれたこと。

小桜やクロスケ、小袖の手、幻灯機たち、それから花村左平次にも「ありがとう」と言いたい。もちろんオサキにも感謝している。

そんな思いを抱き締めて、ここまで歩いて来たのだ。ありがとうを言う相手がいることが幸せだった。

「……あれ」

周吉が未緒に気づいた。驚いた顔をしている。とたんに頬が熱くなり、胸が苦しくなったけれど、嫌な感じではなかった。いくら未緒でも、この気持ちの正体には気づいている。

そっと深呼吸をし、ずっと考えていたことを言葉にした。ありがとうを伝える前に、言わなければならない言葉があった。周吉の顔をまっすぐに見て、彼に頼みごとをした。

「もずやで働かせてください」

本書は書き下ろしです。
この物語はフィクションです。作中に同一の名称があった場合も、
実在する人物、団体等とは一切関係ありません。

参考文献

『おてんば歳時記　明治大正・東京山ノ手の女の暮らし』（尾崎左永子／講談社文庫）
『明治洋食事始め　とんかつの誕生』（岡田哲／講談社学術文庫）
『明治世相百話』（山本笑月／中公文庫ＢＩＢＬＩＯ）
『綺堂むかし語り』（岡本綺堂／光文社文庫）
『１００年前の三面記事』（ＴＢＳラジオ「大沢悠里のゆうゆうワイド」選／中経の文庫）
『オールカラー改訂版　格と季節がひと目でわかる　きものの文様』（藤井健三・監修／世界文化社）
『和の背景カタログ２　―明治・大正・昭和―洋館・和洋折衷の家』（マール社編集部編／マール社）
『暮らしの年表／流行語　１００年』（講談社編／講談社）

また、「銀座木村屋總本店」「ひな祭り文化普及協會」のホームページを参考にしました。

宝島社
文庫

贄の白無垢　あやかしが慕う、陰陽師家の乙女の幸せ
（にえのしろむく　あやかしがしたう、おんみょうじけのおとめのしあわせ）

2023年5月23日　第1刷発行

著　者　高橋由太
発行人　蓮見清一
発行所　株式会社 宝島社
〒102-8388　東京都千代田区一番町25番地
電話：営業 03(3234)4621／編集 03(3239)0599
https://tkj.jp
印刷・製本　株式会社広済堂ネクスト

ISBN 978-4-299-04235-4